# VOL DE NUIT

**야간 비행** 초판본 리커버 고급 벨벳 양장본

1판 1쇄 펴냄 2024년 5월 27일

지은이 • 앙투안 드 생텍쥐페리
옮긴이 • 김보희
해설 • 변광배
펴낸이 • 하진석
펴낸곳 • 코너스톤
주소 • 서울시 마포구 독막로3길 51
전화 • 02-518-3919
ISBN • 979-11-90669-61-0  03860

*이 책의 내용의 전부나 일부를 이용하려면 반드시 저작권자와 코너스톤의 서면 동의를 받아야 합니다.
*책 값은 뒤표지에 있습니다.
*잘못된 책은 구입하신 곳에서 바꾸어 드립니다.

# 야간 비행

앙투안 드 생텍쥐페리

코너스톤
Cornerstone

디디에 도라에게 바친다.

차례

## 머리말

    항공 산업에서는 다른 교통수단과의 속도 경쟁을 매우 중요하게 여긴다. 이 책에서 항공사 국장 역할을 훌륭히 해내는 리비에르 역시 이렇게 말하지 않았던가. "우리에게는 생사가 달린 문제입니다. 해가 떠 있는 동안 철도와 선박보다 아무리 앞서간다 한들 밤을 지내는 동안 전부 허비되고 말잖습니까." 항공기의 야간 운행은 시행 초기 거센 비판에 부딪혔으나 점차 받아들여지다가 이제는 여러 도전 끝에 마침내 일반화됐다. 하지만 이 책이 쓰일 당시만 하더라도 야간 비행은 여전히 위험천만한 모험이었다. 곳곳에 예상치 못한 사건들이 산재하는 등 항로 자체가 보이지 않는 위험인 데다, 밤이라는 시간적 배경 때문에 불확실성 또한 높았기 때문이다. 물론 지금도 위험 요소가 다수 남아 있는 것은 사실이나, 그럼에도 불구하고 한 번의 비행이 그다음 비행을 보다 수월하고 안전하게 만들어 줄 것이므로 남아 있는 위험 요소들 역시 나날이 줄어들 것이라 생각한다. 어쨌든 항공 업계에도 마치 신대륙을 개척하기 위한 탐험 시대처럼 초기 개척기가 있었으므로, 어떤 항공 개척자의 비극적 모험을 그리고 있는《야간 비행》이 일종의 서사로 다가오는 것은 당연한 일이다.

나는 생텍쥐페리의 첫 번째 책도 좋아하지만 이번 책은 더욱 좋다. 그는《남방 우편기》에서 한 조종사의 회상을 놀라우리만큼 명확한 문체로 그리면서도 감상적인 줄거리를 담아내 독자와 주인공 사이의 거리를 좁혔다. 이번《야간 비행》의 주인공도 비인간적이기보다는 초인간적인 미덕을 지니고 있다. 나는 그런 주인공의 숭고함이 느껴지는 부분이 가장 마음에 들었다. 우리는 인간이 나약함을 드러내고 쉽게 단념하며 타락에 빠지는 모습들에 대해서는 이미 너무도 잘 알고 있다. 이 시대의 문학 역시 이를 규탄하는 것에만 지나치게 익숙하다. 하지만 문학이 우리에게 보여 줘야 하는 것은 다름 아닌 강인한 의지를 통해 얻을 수 있는 자기 초월이다.

개인적으로는 조종사보다도 그의 상관인 리비에르라는 인물이 더욱 경이롭게 다가왔다. 리비에르는 직접 움직이지 않는다. 그는 다른 사람을 움직이는 사람이다. 조종사들에게 자신의 가치관을 심어 주고, 그들에게 최선을 다할 것을 요구하여 마침내 성공적으로 목표를 이룰 수 있도록 몰아붙이는 것이다. 엄중한 결단력을 지닌 그는 그 어떤 나약함도 용인하지 않으며, 아주 작은 실패도 엄벌에 처한다. 이러한 그의 엄격함이 자칫 비인간적이고 지나쳐 보일지도 모른다. 하지만 그는 사람 그 자체가 아닌, 그 사람이 지닌 결점을 단련시키고자 한다. 리비에르에 대한 묘사를 읽어 보면 저자 역시 리비에르를 향해 경탄을 보내고 있음을 느낄 수 있다. 무엇보다도 나는 저자가 그를 통해 어떤 역설적 진리를 조명한 것에 고마움을 느낀다. 나로서는 그것이 정신적 차원에서 매우 중요한 진리라고 여기고 있기 때문이다. 그것은 바로 인간의 행복은 자유가 아닌 의무를 받아들이는 데서 나온다는 사실이다. 책 속의 모든 인물들은 각자 자신이 해야 하는 일에 열과 성을 다하며, 그 위험한 임무를 완수해 낸 뒤에야 비로소 행복과 안정을 얻곤 한다. 리비에르는 결코 무자비한 사람이 아니다(특히 그가 실종된 조종사의 아내와 마주하는 대목은 깊은 감동을 준다). 그 역시 명령을 내릴 때는 명령을 수행하는 조종사들만큼이나 커다란 용기가 필요하기 마련이다.

리비에르는 이렇게 이야기한다. "남에게 사랑받고 싶다면 그저 동정하기만 하면 돼. 나는 남을 동정하는 일이 참 드문 데다가 그걸 곧잘 드러내 보이지도 않지. (중략) 가끔은 나 스스로도 내가 가진 이러한 힘이 놀랍기만 하군." 그리고 이렇게도 말한다. "자네의 지시를 받는 이들을 기꺼이 사랑해 주게. 하지만 그걸 말로 해서는 안 되네."

리비에르를 지배하는 것은 바로 의무감이다. 그는 "사랑하는 것 외에도 더 큰 의무가 있으리라는 막연한 느낌"이 들었다고 생각했다. 인간은 삶의 목적을 자기 내면에서 찾기보다는 자신을 지배하고 살아가게 하는 뭔지 모를 무언가를 따르며 그것을 위해 희생한다. 나의 작품 속 프로메테우스가 "난 인간을 좋아하는 게 아니라, 인간을 집어삼키는 그것을 좋아하는 것"이라는 역설적인 말을 한 것도 바로 이 '막연한 느낌' 때문이었다. 이는 모든 영웅주의의 기원이 된다. 리비에르는 "우리는 여전히 인간의 목숨보다 더 큰 가치를 지닌 무언가가 있는 것처럼 행동하고 있지 않은가… 도대체 그것이 무엇이란 말인가?"라고 자문한다. 뿐만 아니라 "그것 말고도 지켜 내야 할 다른 행복, 더 오랫동안 지속될 행복이 존재할 수도 있다. 어쩌면 리비에르의 일은 바로 그런 행복을 구해 내기 위한 것이었을지도 모른다"라고도 적고 있다. 실로 그러하다.

오늘날 영웅주의는 군대에서조차 그 의미가 퇴색되고 있다. 이제는 전쟁에서도 화학 무기가 새로운 위협으로 대두되고 있는 만큼 용맹함의 미덕은 갈 곳을 잃고 말았다. 이러한 시대에 용기가 가장 잘, 제일 쓸모 있게 발휘되고 있는 곳을 꼽으라면 바로 항공 분야 아니겠는가? 때로는 객기에 가까울 수 있는 용기조차도 비행 임무 수행 중에는 결코 객기가 아니게 된다. 끊임없이 목숨을 위협받는 항공기 조종사들은 우리가 일반적으로 말하는 '용기'라는 관념에 대해 코웃음을 칠 권리가 있다. 오래전 일이지만 생텍쥐페리에게서 편지를 받은 일이 있다. 그가 모리타니 상공을 날아 다카르와 카사블랑카를 오가던 시절에 쓴 편지인데 그 내용 일부를 인용하고자 한다.

"언제 돌아갈지는 모르겠습니다. 몇 달 새 일이 아주 많아졌거든요. 실종된 동료들을 수색하기도 하고, 불귀순不歸順 지역에 추락한 비행기를 수리해야 할 때도 있습니다. 다카르행 우편 수송도 몇 번 맡았고요. (중략) 최근에는 작은 도전에 성공하기도 했습니다. 비행기 한 대를 구하기 위해 무어인 열한 명, 정비사 한 명과 함께 이틀 밤낮을 지새웠어요. 여러모로 위험한 상황이었습니다. 난생처음 머리 위로 총알이 스치는 소리를 듣기도 했거든요. 그런데 이런 상황에 놓였을 때 제가 어떤 사람이 되는지도 깨달을 수 있었습니다. 제가 무어인들보다도 더 침착하더군요. 항상 궁금했던 한 가지 의문에 대한 답을 얻기도 했어요. 플라톤(혹시 아리스토텔레스였던가요?)이 용기를 여러 덕목 중 가장 낮은 것으로 여겼던 이유를 알게 된 것입니다. 용기는 사실 아름다운 감정들이 아닌, 약간의 분노와 허영심, 완강한 고집, 그리고 오락적인 저속한 쾌락 등이 섞여서 만들어지는 것이었습니다. 용기와는 아무 상관도 없는 육체적인 힘에 대한 동경도 빠지지 않지요. 셔츠를 풀어헤치고 팔짱을 낀 채 숨을 크게 몰아쉬는 건 꽤 즐거운 일입니다. 그런데 특히나 밤에 이런 행동을 하고 나면 바보 같은 짓을 했다는 생각이 몰려옵니다. 저는 이제 용감하기만 한 사람은 결코 존경하지 않으려고 합니다."

이 인용된 편지글의 주제문으로 캥통(개인적으로 그의 주장에 늘 동의하는 것은 아니지만)의 책에서 격언 한 구절을 따올 수 있으리라.

"우리는 사랑하는 마음을 감추듯 용감한 마음을 숨긴다." 아니, 이렇게 풀어 말하는 것이 더 나을지도 모른다. "선한 자들이 자신의 선의를 숨기듯, 용기 있는 자들은 자신의 행위를 숨긴다. 그들은 이를 드러내기보다는 도리어 감추거나 구실을 대곤 한다."

생텍쥐페리는 '사정을 잘 아는 인물'로서 모든 이야기를 써 내려갔다. 숱한 위험을 직면해야 했던 그의 사적인 경험들이 이 책에 정통성과 독창성을 안겨 주는 셈이다. 시중의 수많은 전쟁 이야기나 모험 소설을 읽다 보면 때로는 작가의 수려한 재능을 발견하게 되기도 하지만, 진짜 군인이나 모험가들 입장에서는 웃음이 나오는 일도 있을 것이다. 하지만 이 책은 문학으로서도 훌륭할 뿐만 아니라 기록으로서도 커다란 가치를 지니고 있다. 그리고 놀랍게도 이 두 특징이 잘 융화되고 있다는 점에서도 《야간비행》은 참으로 중대한 작품이 아닐 수 없다.

— 앙드레 지드

# I

비행기 아래로 펼쳐진 언덕은 벌써부터 황금빛 저녁노을 속에서 그림자를 새기고 있었다. 들판은 한없는 빛으로 가득했다. 이곳의 들판에는 겨울이 지나고도 눈이 남아 있듯 황금빛 노을이 그 자리에 머무르곤 했다.

최남단에서부터 부에노스아이레스까지 파타고니아 노선 우편 수송기를 조종하던 파비앵은 항구의 물길과 같은 신호들을 보고 밤이 다가오고 있음을 알아차렸다. 이러한 고요함이나 잔잔한 구름이 그려 내는 자잘한 물결들을 보면 더욱 확신할 수 있었다. 비행기는 거대하고 풍요로운 정박지로 들어서는 중이었다.

파비앵은 이 적막감 속에서 마치 자신이 목동처럼 천천히 걸음을 옮기고 있는 것 같다고 생각했다. 양을 치는 파타고니아의 목동들은 서두를 일 없이 양떼 무리를 천천히 오간다. 파비앵도 여러 도시를 오가고 있으니 작은 도시들을 치는 목동인 셈이었다. 그 역시 두 시간여마다 강가에서 목을 축이고 오거나 풀을 뜯고 있는 자신의 양떼를 마주하곤 했다.

바다 한복판보다도 인적이 드문 초원을 백여 킬로미터씩 지나다 보면 외딴 농가 위를 가로지를 때도 있었다. 이런 농가들은 흔들리는 초원의 물결 속에서 사람들을 싣고 가는 배처럼 보였다. 그럴 때면 파비앵은 이 외딴 배를 향해 날갯짓을 하곤 했다.

— 산 훌리안이 보임. 십 분 뒤 착륙 예정.

우편기에 탄 무선통신기사가 항로 내의 각 교신국으로 통신을 보냈다.

마젤란 해협에서 부에노스아이레스까지 이어지는 이천오백 킬로미터의 노선 곳곳에는 비슷비슷한 기항지들이 자리 잡고 있다. 그중에서도 산 훌리안 기항지는 아프리카에서 마지막으로 정복당한 마을이 미지의 세계에 마지못해 문을 열어 주듯이 다가오는 밤의 끝자락에서 모습을 드러내고 있었다.

통신기사가 파비앵에게 쪽지 한 장을 건넸다.

— 폭풍우가 심해 헤드폰에 잡음만 잡힙니다. 산 훌리안에서 자고

갈까요?

파비앵은 미소를 지었다. 하늘은 마치 수족관처럼 고요했고, 앞으로 갈 기항지 모두 '상공 맑음, 바람 없음'이라고 알려 왔던 것이다.

파비앵은 답했다.

— 그냥 바로 가세.

그러나 통신기사는 꼭 벌레 먹은 과일처럼 어딘가에 뇌우가 숨어 있을 것만 같았다. 아름답지만 곧 망가질 것 같은 밤이었다. 그래서 금방이라도 썩어 들어갈 듯한 이 어두운 하늘 속으로 들어서는 것이 썩 달갑지 않았다.

산 훌리안 방향으로 천천히 하강하던 파비앵은 피로를 느꼈다. 인간의 삶을 포근하게 해 주는 모든 것들이 점점 커다랗게 다가오기 시작했다. 가정집, 작은 카페, 산책로의 가로수 같은 것들 말이다. 그는 정복전을 마친 날 저녁 자신의 점령지를 굽어보며 백성들의 소소한 행복을 발견하는 한 명의 정복자 같았다. 이제 무기를 내려놓고 무거워진 몸의 욱신거림을 느끼고 싶었다. 어떤 풍요는 역경을 통해서 얻을 수 있는 법 아니던가. 또한 파비앵은 창문 너머로 변함없는 풍경을 바라보는 평범한 사람이 되고도 싶었다. 그는 이 작은 마을을 받아들이기로 했다. 우선 결정을 내리고 나면 그 존재로 인한 우연조차도 만족하고 좋아할 수 있게 된다. 사랑에 빠진 사람이 그러하듯 마음의 경계를 정하게 되는 것이다. 파비앵은 이곳에 오래 머무르며 영원의 한자리를 차지하고 싶어졌다. 그의 눈에는 한 시간 남짓 머물렀다 떠나온 작은 도시들이나 지나쳐야만 했던 낡은 담벼락으로 둘러싸인 정원들이 자신과는 상관없이 영원토록 지속될 것처럼 보였다. 지상의 작은 마을이 파비앵과 통신기사를 향해 성큼 다가오기 시작했다. 파비앵은 우정이나 다정한 아가씨들, 하얀 식탁보가 지닌 아늑함 등 영원에 걸쳐 서서히 길들여지는 모든 것들을 떠올렸다. 이제 마을은 비행기 날개가 거의 닿을 정도로 가까워졌고, 더 이상 담벼락으로도 가려지지 않는 정원의 신비로움도 드러나기 시작했다. 그런데 착륙 중이던 파비앵은 아무것도 보이지 않는다는 것을 깨달았다. 고작해야 바위 사이로 몇몇 사람들이 느릿하게 움직이고 있을 뿐이었다. 이 마을은 움직이지 않음으로써 마을이 지닌 열정의 비밀을 지키며, 온화함마저 거부하고 있었다. 이를 정복하려는 행동은 단념해야 했다.

기항지에서 십 분을 보내고 나자 다시 출발해야 할 때가 됐다. 상공에 오른 파비앵은 산 훌리안 쪽을 돌아봤다. 그곳은 한 줌의 빛이었다가 다시 한 줌의 별이 되었고 이내 먼지가 되어 사라지며 마지막까지 파비앵의 마음을 잡아끌었다.


'이제 계기판이 보이지 않는군. 불을 켜야겠어.'

파비앵은 스위치를 켰다. 조종석의 불그스름한 조명은 푸른 어스름에 섞여 흐려진 탓에 계기판의 바늘을 밝힐 수 없었다. 전구 앞에 손을 갖다 댔다. 손끝을 간신히 물들일 정도의 빛이었다.

'너무 일렀군.'

하지만 밤은 검은 연기처럼 피어올라 이미 골짜기들을 가득 메우고 있었다. 더 이상 골짜기와 평원을 구분할 수 없을 정도였다. 마을들은 진작부터 불을 밝혀 각자의 별자리로 서로 화답하고 있었다. 파비앵도 손을 뻗어 위치등을 깜빡이며 마을의 불빛에 답했다. 지상에는 눈부신 신호들이 가득했다. 바다를 향해 등대를 밝히듯 집집마다 거대한 밤을 향해 별을 밝히고 있었다. 인간의 삶을 감싸고 있는 모든 것들이 빛을 발했다. 파비앵은 이 밤에 접어드는 것이 마치 항구로 미끄러져 들어가는 것처럼 느릿하고 아름다워서 탄복했다.

그는 계기판을 뚫어지게 쳐다보았다. 계기판 바늘 끝 형광물질들이 빛을 내기 시작했다. 파비앵은 수치들을 하나하나 확인하고는 만족했다. 상공에 제대로 안착했음을 확인한 것이다. 그러고는 손끝으로 강철 골조를 만졌는데, 그 금속 안에 생명이 넘쳐흐르고 있음을 느꼈다. 금속은 진동을 넘어서서 생동하고 있었다.

엔진이 지닌 오백 마력의 힘은 이 금속 물체 안에 여린 흐름을 탄생시켰고, 이것은 차가운 금속 표면을 부드러운 살갗으로 바꾸어 놓았다. 그는 비행을 하며 현기증도 취기도 아닌, 하나의 살아 있는 육신이 보여 주는 신비한 활동을 거듭 경험하고 있었다.

이제 하나의 세상이 다시 구성되자 파비앵은 손을 놀리며 편안히 자리를 잡기 시작했다.

먼저 전기 배전판을 조작하고 스위치들을 켠 뒤 몸을 약간 움직여 등을 바짝 기댔다. 흔들리는 밤이 엄호 중인 이 오 톤짜리 금속 덩어리의 출렁임을 느끼기 위해 최상의 자세를 찾고자 했다. 그리고 주변을 더듬어 비상용 조명을 제자리에 끼워 넣은 채 잠시 두었다가 다시 당겨 밀리지 않는 것을 확인한 뒤에야 손을 뗐다. 이번에는 레버들을 조작하여 확실히 맞추어 두고는 깜깜해질 때를 대비해 손의 움직임을 연습했다. 동작들이 충분히 손에 익자 불을 켜 조종실의 장치들이 분명하게 보이도록 한 다음 계기판만을 지켜보며 마치 잠수하듯 어두운 밤 속으로 빠져들기 시작했다. 그 무엇도 움직이기는커녕 떨리거나 흔들리지도 않았다. 수평계와 고도계 그리고 속도계도 안정을 찾자 파비앵은 작게 기지개를 켜고 가죽 의자에 목덜미를 기대었다. 그러고는 비행에 대한 깊은 명상에 빠져들었다. 설명할 수 없는 희망들을 맛보게 되는 명상이었다.

파비앵은 이제 감시병처럼 밤의 한가운데서 밤이 보여 주는 인간의 모습들, 이를테면 외침이나 빛이나 근심 같은 것들을 찾아낸다. 어둠 속에서 작은 별 하나가 빛나고 있다. 외딴집이다. 꺼져 가는 또 하나의 별은 사랑 안에 스스로를 가두는 집이다.

어쩌면 스스로를 무료함 안에 가둔 것일 수도 있다. 자신을 제외한 나머지 세상을 향해 신호 보내기를 멈춘 집인 셈이다. 등불을 켠 식탁에 팔을 괴고 앉은 농부들은 자신들이 무엇을 바라고 있는지 알지 못한다. 그 바람이 자신들을 가두고 있는 거대한 밤 속으로 그렇게나 멀리까지 뻗어 간다는 사실도 모를 것이다. 그러나 파비앵은 천 킬로미터를 날아오며 비행기라는 살아 숨 쉬는 존재가 거센 파도를 만나 오르고 내리기를 반복하는 것을 느낄 때, 전쟁터와도 같았던 열 번의 폭풍우와 그 틈으로 보이던 달빛 어린 하늘을 통과할 때, 그리고 승리감을 만끽하며 그 불빛들에 다다를 때, 그때 바로 그들의 바람을 발견한다. 농부들은 등불의 빛이 보잘것없는 식탁만을 비추고 있다고 생각하겠지만 그 빛의 부름은 마치 무인도에 갇힌 이들이 바다를 향해 흔드는 절망적인 빛줄기처럼 팔십 킬로미터나 떨어진 곳까지도 감동을 안겨 주곤 하는 것이다.

# II

파타고니아, 칠레, 파라과이에서 출발한 세 대의 우편 수송기가 각각 남쪽과 서쪽 그리고 북쪽에서 부에노스아이레스를 향해 날아오고 있었다. 이곳에서는 자정 무렵 유럽행 우편 수송기를 이륙시키기 위해 세 우편 수송기가 싣고 올 화물을 기다리고 있었다.

짐을 실은 나룻배처럼 묵직한 갑판 덮개 앞에 앉아 밤하늘을 헤매고 있는 세 조종사는 자신의 비행을 묵상한 뒤, 마치 어떤 낯선 농부들이 산을 내려가듯 각자의 하늘에서 거대한 이 도시를 향해 천천히 하강할 터였다.

항공망 전체를 담당하고 있는 책임자 리비에르는 부에노스아이레스의 착륙장을 이리저리 거닐었다. 세 대의 우편기가 전부 도착하기 전까지는 고된 일과가 끝나지 않기에 그는 계속해서 침묵을 지키고 있었다. 곧 일 분 단위로 무선통신이 들어오기 시작하자, 리비에르는 자신이 운명으로부터 뭔가를 끄집어내 불확실함을 줄이고 승무원들을 밤하늘로부터 물가로 데려오고 있다는 느낌이 들었다.

한 직원이 다가와 교신국에서 전달받은 메시지를 전해 주었다.

"칠레선 우편 수송기가 부에노스아이레스의 불빛이 보인다는 신호를 보냈습니다."

"좋아."

곧 리비에르의 귀에 우편기 소리가 들려올 것이다. 밀물과 썰물, 그리고 신비로 가득한 바다가 오랫동안 품고 흔들어 온 보물을 해안가에 꺼내 놓듯 밤하늘도 우편기 한 대를 내어놓을 테고, 잠시 후에는 나머지 두 대도 돌려받게 될 터였다.

그럼 하루 일과도 끝이 난다. 지친 직원들은 잠을 청하러 가고 활기찬 다음 교대조가 그 자리를 대신할 것이다. 하지만 리비에르는 잠시도 쉬지 않는다. 이번에는 유럽행 우편기가 그에게 근심을 안겨 줄 예정이었다. 그는 항상 이런 식이다. 항상 말이다. 이 노병은 난생처음 피로를 느끼고는 그 사실에 스스로 놀라고 있었다. 비행기가 전부 도착한다고 해도 그것이 결코 전쟁을 끝내고 행복한 평화의 서막을 열어 줄 승리가 되지는 못할 것이다. 실상 리비에르에게 그건 앞으로 나아가야 할 비슷비슷한 천 번의 걸음에 앞선 한 걸음에 지나지 않았다. 그는 아주 오래전부터 쭉 뻗은 두 팔에 무거운 짐을 짊어진 듯한 기분이 들었다. 휴식도 희망도 없이 노력만이 이어졌다.

'나도 늙는군.'

유일한 활동에서 아무런 보람도 얻을 수 없다면 그것은 그가 늙어 가고 있다는 뜻이리라. 리비에르는 자신이 그동안 한 번도 떠올려 보지 않았던 문제들을 생각하고 있다는 데 당혹감을 느꼈다. 애써 멀리하려 했던 다정한 것들이 한데 모여 그에게 우울하게 속삭이며 다가왔다. 마치 잃어버린 바다처럼.

'이것들이 이렇게나 가까이에 있었단 말인가?'

리비에르는 자신이 인생을 온화하게 해 주는 것들을 '나중에 시간이 생기면'이란 핑계를 대며 노후로 미뤄 왔음을 깨달았다. 언젠가는 정말로 시간이 날 것처럼, 삶의 막바지에 이르면 상상해 왔던 행복한 평화를 얻을 수 있을 것처럼 말이다. 하지만 평화는 없다. 승리도 없을 것이다. 모든 우편 수송기의 종착 같은 건 없을 터였다.

리비에르는 일하고 있는 노년의 작업반장 르루 앞에 멈춰 섰다. 르루 역시 사십 년째 근속을 이어 가고 있었고 일에 전력을 쏟아붓곤 했다. 그는 밤 열 시나 자정이 다 되어 집에 돌아갔다. 그렇다고 해도 그에게 또 다른 세상이나 도피처가 있는 것도 아니었다. 리비에르는 르루를 향해 웃어 보였다. 르루는 무거운 고개를 들어 푸르스름해진 회전축을 가리키며 말했다.

"너무 꽉 조여 있기에 손을 좀 봤습니다."

리비에르는 회전축 쪽으로 몸을 숙였다. 다시 일에 사로잡히는 중이었다.

"작업자들에게 이 부품들은 조금씩 풀어놓으라고 해야겠군."

마모된 흔적들을 만져 보다가 다시 르루에게 눈을 돌렸다. 그의 깊게 팬 주름을 보고 있자니 우스꽝스러운 질문 하나가 떠올랐다. 리비에르는 미소를 띤 채 물었다.

"르루, 살면서 사랑에 깊게 빠져 본 적 있나?"

"아, 사랑이요! 국장님도 아시겠지만…"

"자네나 나나 같군. 시간이 없었지."

"많지는 않았죠."

리비에르는 르루가 못내 쓸쓸해진 것은 아닌지 그의 목소리에 귀를 기울였다. 하지만 그런 기색은 없었다. 오히려 르루는 자신의 지난 삶을 돌아보며 고요한 만족감을 느끼고 있었다. 훌륭한 널판 하나를 한참 동안 깎아 다듬고는 '좋아, 다 됐군'이라고 생각하는 목수가 느낄 법한 감정이었다. 리비에르는 생각했다.

'그래, 내 삶도 다 됐지.'

몸의 고단함 때문에 생겨나는 서글픈 생각들을 전부 뿌리치고 격납고 쪽으로 발길을 옮겼다. 칠레선 우편 수송기가 굉음을 내며 다가오고 있었다.

# III

멀리서 들려오던 엔진 소리가 점차 짙어졌다. 더욱 무르익는 것만 같았다. 착륙 신호가 내려지자 격납고와 무선송신탑, 네모진 착륙장의 빨간 표지등에 불이 들어왔다. 그야말로 축제의 현장이었다.

"저기 오는군!"

비행기는 벌써 항공 등대 앞을 지나고 있었다. 그 빛이 너무 밝아 비행기가 새것처럼 반짝일 정도였다. 그런데 격납고 안에 착륙을 마치고 정비사와 작업자들이 부지런히 화물을 실어 나르는 동안에도 조종사 펠르랭은 내내 꼼짝도 하지 않고 있었다.

"아니, 안 내리고 뭐하십니까?"

펠르랭은 어떤 은밀한 사명을 맡기라도 한 듯 대꾸조차 하지 않았다. 비행기 소리가 자신을 스쳐 가는 걸 계속해서 듣고 있는 듯했다. 그는 천천히 고개를 끄덕이더니 몸을 앞으로 숙이고는 뭔지 모를 무언가를 조작하고 있었다. 그러고서야 반장들과 동료들이 서 있는 쪽으로 고개를 돌려 이들이 꼭 자신의 소유물이라도 되는 양 엄중하게 관찰했다. 거기 서 있는 사람들을 헤아리고 재고 따져 보는 듯하더니 나아가 축제 분위기인 격납고와 단단한 시멘트 벽, 더 넓게는 활기와 여자들과 열기로 가득한 이 도시를 당연히 손에 쥔 것처럼 여겼다. 그는 이들이 자기 백성이라도 되는 것처럼 대했다. 이 사람들에게 손을 대거나 말을 들어주거나 호통을 칠 수도 있었다. 펠르랭은 저들에게 여기서 태평스레 달 구경이나 하며 편안하게 살아가고 있었냐고 비난하고 싶었다. 하지만 그는 너그러운 사람이었다.

"…술이나 사 주시오!"

펠르랭은 조종석에서 내려왔다. 그러자 이번 비행에 대해 이야기하고 싶어졌다.

"당신들은 모를 거요!"

하지만 그만하면 충분하다고 생각했는지 비행복을 벗으러 자리를 떴다.


펠르랭은 무기력한 표정의 감독관과 굳게 입을 다문 리비에르와 함께 부에노스아이레스로 가는 차에 올랐다. 그는 문득 슬픈 기분이 들었다. 일을 마치고 다시 제자리로 돌아와 호기롭게 욕설을 내뱉는 것은 참 멋진 일이다. 이 얼마나 강렬한 기쁨이란 말인가! 하지만 그 뒤에 지난 기억을 돌이켜 보면 아무것도 알 수 없는 듯한 의문이 들었다.

물론 태풍에 맞서 싸웠던 것만큼은 현실이었으며 거짓 없는 사실이었다. 그러나 그 안에 있었던 사물들의 면면은 그렇지 않았다. 홀로 있다고 믿을 때 드러나는 그 얼굴들 말이다. 그는 생각했다.

'꼭 난동이 일어난 것 같았지. 낯빛만 좀 창백하게 바뀌었을 뿐인데 완전히 달라져 버렸으니!'

펠르랭은 기억을 더듬고자 애를 썼다.

평온하게 안데스산맥 위를 넘어가고 있을 때였다. 산에는 겨울에 내렸던 눈이 정적을 드리우고 있었다. 폐허가 된 성 위에 세월이 쌓이면 평화로운 분위기가 빚어지듯, 겨우내 쌓인 눈은 거대한 산을 평화롭게 만들었다. 이백 킬로미터 정도 이어지는 눈 쌓인 산등성이 위로는 인간도, 생기 어린 호흡도, 어떤 수고도 남아 있지 않았다. 고도 육천 미터 위에서도 스칠 듯한 수직 절벽과 깎아지른 암벽, 그리고 위대한 고요함만이 존재했다.

그 일은 투풍가토 산 정상 부근에서 일어났다.

펠르랭은 기억을 더듬었다. 그렇다. 바로 그곳에서 기적을 목격했던 것이다.

처음에는 아무것도 보이지 않았지만 그럼에도 어딘가 거북한 느낌이 들었다. 아무도 없다고 생각했는데 사실은 혼자가 아닌, 누군가 지켜보고 있는 듯한 기분이었다. 그는 뒤늦게 까닭 모를 분노가 주변을 에워싸는 듯한 느낌을 받았다. 이 분노는 도대체 어디서 오는 것인가?

분노가 저 암벽과 눈밭에서 스며 나오고 있다는 걸 어찌 짐작할 수 있었겠는가? 그의 눈에는 다가오는 것도, 움직이는 폭풍우도 전혀 느껴지지 않았다. 그런데 바로 그곳에서 비슷하지만 또 다른 세상이 모습을 드러내기 시작했다. 펠르랭은 심장을 죄어오는 형언하기 어려운 통증을 느끼며 저 무고한 봉우리들을, 절벽을, 잿빛이 도는 눈 덮인 산등성이를 바라보았다. 그것들은 마치 인간 무리처럼 살아 움직이기 시작했다.

맞서 싸울 생각은 없었지만 펠르랭은 양손으로 조종간을 움켜쥐었다. 이해할 수 없는 무언가가 진행되고 있었다. 금방이라도 튀어 오를 듯한 한 마리 짐승처럼 그는 온몸의 근육들을 잔뜩 긴장시켰다. 하지만 적막을 깨뜨릴 만한 것은 전혀 보이지 않았다. 그렇다. 온통 적막뿐이었다. 그러나 그 안에는 기이한 힘이 도사리고 있었다.

일순 모든 것이 예리해졌다. 산맥도 봉우리도 전부 날카로워졌다. 마치 뱃머리들이 거센 바람 사이를 파고드는 듯했다. 이 뱃머리들은 이내 방향을 바꿔 전투를 준비하는 전함처럼 그의 주변을 향해 모여드는 것 같았다. 잠시 후 먼지가 바람에 섞여 날리기 시작했다. 먼지들은 천천히 떠다니다가 얇은 장막처럼 눈밭을 타고 올랐다. 퇴로를 찾기 위해 뒤를 돌아본 펠르랭은 몸을 덜덜 떨었다. 그의 뒤로 산맥 전체가 부글대고 있었던 것이다.

'이제 끝난 목숨이군.'

앞쪽의 한 봉우리에서 눈이 터져 나왔다. 화산처럼 눈이 솟구쳐 올랐다. 곧 오른쪽 봉우리에서도 폭발이 시작됐다. 보이지 않는 누군가가 질주하며 불을 붙이고 다니는 것처럼 모든 봉우리가 연이어 타올랐다. 주변을 둘러싼 산봉우리들이 난기류를 일으키며 요동치기 시작했다.

극도로 격렬한 움직임은 흔적을 남기지 않는 법이다. 펠르랭은 자신이 통과해 온 거대한 난기류들이 어땠는지 더 이상 잘 기억나지 않았다. 그저 회색빛 눈 기둥에 맞서 격렬하게 싸웠던 기억뿐이었다.

그는 생각했다.

'태풍 자체는 문제가 아니야. 어쨌든 목숨은 건질 수 있으니. 하지만 그 직전의 순간! 태풍을 맞닥뜨리는 바로 그 순간은 정말이지!'

펠르랭은 그 순간 수많은 얼굴 중에서 어떤 한 얼굴을 알아본 것 같다는 생각이 들었지만 이미 기억 속에서는 사라진 뒤였다.

# IV



리비에르는 펠르랭을 바라보았다. 펠르랭은 이십 분 뒤 차에서 내려 피로와 중압감을 짊어진 채 군중 속으로 섞여들 것이다. 어쩌면 이렇게 생각할지도 모른다.

'정말 피곤하군⋯. 이 지긋지긋한 직장!'

그래도 아내에게는 '안데스산맥보다야 여기가 낫지'라고 털어놓으리라. 하지만 펠르랭은 사람들이 간절히 바라는 것들에 대해서는 별 관심이 없었다. 조금 전까지도 천재지변에 시달리다가 온 탓이었다. 환하게 빛나는 이 도시를, 약간 성가시긴 했어도 소중했던 어린 시절의 연인들을, 자신의 인간적인 사소한 나약함을 다시 마주할 수 있을지 알지 못한 채 저 먼 무대 뒤편에서 수 시간을 보내고 온 터였다. 리비에르는 그를 보며 생각했다.

'쉽게 구별할 수는 없겠지만 사람들 사이에는 경이로운 임무를 맡은 전령사들이 분명 섞여 있을 것이 분명하다. 심지어 그들 스스로도 자신이 전령사라는 사실을 알지 못할 것이다. 그게 아니면….'

리비에르는 무언가에 너무 심취해 있는 사람들을 꺼렸다. 그런 사람들은 모험이 지닌 신성함을 이해하지 못했다. 그저 탄성을 지르며 진정한 의미를 왜곡하고 인간적인 면모는 깎아내리곤 했다. 그러나 여기 있는 펠르랭은 어느 날엔가 막연하게 마주했던 세상의 가치들을 누구보다도 잘 알면서도 속된 칭찬들을 경멸하며 거부하는 사람이었다. 그래서 리비에르는 "어떻게 해내었소?"라고 물으며 그의 노고를 치하했다. 그는 펠르랭이 자신의 일과 지난 비행에 대해 이야기할 때 마치 대장장이가 모루를 다루듯 덤덤하게 말하는 걸 좋아했다.


펠르랭은 먼저 퇴로가 차단되었던 상황을 설명하며 변명이라도 하듯 덧붙였다.

"달리 방법이 없었습니다."

퇴로가 끊기고 나자 이내 아무것도 보이지 않았다. 거센 눈발이 그의 눈을 가렸다. 그 순간 불어온 강한 기류가 비행기를 칠천 미터 상공으로 올려 버린 덕분에 그나마 목숨을 구할 수 있었다.

"횡단하는 내내 산등성이에 바짝 붙어 비행해야 했습니다."

그는 수평계의 공기구멍 위치를 바꿔야 했던 일도 이야기했다. 눈발 때문에 구멍이 막혀 버린 것이다.

"완전히 얼었더라고요."

잠시 후 또 다른 기류가 나타나 비행기를 삼천 미터 상공으로 내동댕이쳤다. 그런데도 어떻게 한 번도 충돌하지 않을 수 있었는지 이해할 수 없었는데, 알고 보니 펠르랭은 평야 위를 비행하고 있었다.

"맑은 하늘에 이르러서야 평야 위라는 것을 깨달았습니다."

마침내 동굴에서 빠져나온 듯한 느낌이 들었던 것이다.

"멘도사 상공에서도 폭풍우가 있었나?"

"아닙니다. 제가 착륙할 때는 하늘도 맑았고 바람도 없었습니다. 하지만 폭풍우가 저를 바짝 뒤쫓아오고 있었어요."

펠르랭은 자신이 만났던 폭풍우를 "정말이지 이상한 폭풍우"였다고 묘사했다. 꼭대기는 너무 높아서 눈구름 속에 섞여 보이지 않고, 바닥은 검은 용암처럼 평원 위에 흘러내리고 있었다. 그 폭풍우는 도시들을 하나씩 집어삼키고 있었다.

"그런 건 본 적이 없었습니다…."

그는 어떤 기억에 사로잡힌 듯 돌연 입을 다물었다.

리비에르는 감독관 쪽으로 고개를 돌리며 말했다.

"태평양에서 건너온 소용돌이 돌풍이라네. 예보가 너무 늦게 왔어. 그런 돌풍들이 안데스산맥을 넘어온 적은 한 번도 없잖은가."

돌풍이 동쪽으로 계속 이동할 거라고는 아무도 예상할 수 없었다. 이에 대해 아는 바가 없는 감독관은 그저 고개만 끄덕일 뿐이다.

감독관은 잠시 망설이다가 펠르랭을 쳐다보고는 목젖을 움찔거렸지만 이내 잠자코 정면을 바라보며 생각에 잠겼다가 다시 우울한 위엄을 지켰다.

그는 이런 우울함을 짐가방처럼 지고 다녔다. 몇 가지 사소한 일들 때문에 리비에르의 호출을 받고 전날 아르헨티나에 도착한 그는 감독관이라는 자신의 직책과 영향력이 난처하게 느껴졌다. 그에게는 남의 창의력이나 열정을 칭찬할 권리가 없었다. 할 수 있는 거라곤 시간 엄수에 대한 직무적 차원의 칭찬뿐이었다. 또한 동료와 술 한잔 기울일 수도, 동료에게 말을 놓을 수도 없었다. 층계참에서 우연히 다른 감독관을 만나는 경우가 아니고서는 아슬아슬한 농담을 늘어놓을 수도 없었다.

감독관은 생각했다.

'심판자로 지낸다는 건 고된 일이군.'

하지만 사실 판결을 내리는 게 아니었다. 그저 고개를 끄덕일 뿐이었다. 자신이 마주하는 모든 일에 대해 아무것도 알지 못할 때도 천천히 고개를 끄덕이곤 했다. 직원들이 맑은 정신을 유지하고 설비들이 제대로 유지되도록 하는 것이 그의 일이었다. 그럼에도 그는 그다지 인기 있는 사람은 아니었다. 감독관이란 사랑받기 위해서가 아니라 보고서 작성을 위해 만들어진 직책이기 때문이다. 그는 새로운 방법이나 기술적인 해결책을 제안하는 건 포기했다. 리비에르가 그에게 이런 말을 한 적이 있기 때문이었다.

"로비노 감독관은 우리에게 시詩가 아닌 보고서를 써 주길 바라네. 인사 관리에 열의를 불태우며 자신의 역량을 기꺼이 사용하도록."

그 뒤로 로비노는 일용할 양식을 찾아다니듯 사람들의 잘못을 캐내려고 몸을 던졌다. 술을 마신 정비사나 며칠 밤을 새고 출근한 비행장 반장 그리고 불안정하게 착륙한 조종사 등을 찾아 헤맸다.

리비에르는 로비노에 대해 이렇게 말한 적이 있었다.

"저 친구는 아주 똑똑하진 않지만, 그래서 일에는 도움이 되는 편이지."

리비에르가 세운 규칙은 사람들을 파악하기 위한 것이었던 반면, 로비노에게는 그 규칙을 파악하는 것만이 전부였다.

언젠가 리비에르에게 이런 말을 듣기도 했다.

"로비노, 출발이 지연되는 경우에는 정근 수당을 지급하지 말아야 하네."

"불가피한 때도요? 안개 때문이어도요?"

"안개 때문이어도 그러하네."

로비노는 그토록 강직한 상관을 둔 것에 대해 일종의 자부심을 느꼈다. 그래서 혹여나 부당한 판단을 내릴까 염려하지 않았다. 그는 그토록 공격적인 권력을 가진 리비에르에게 일종의 위엄을 느꼈다.

얼마 뒤 로비노는 비행장 반장에게 이렇게 말했다.

"여섯 시 십오 분에 출발을 지시했더군. 이러면 정근 수당을 줄 수 없네."

"하지만 감독관님, 다섯 시 삼십 분에는 가시거리가 고작 십 미터밖에 되지 않았는걸요!"

"그게 규칙일세."

"아니, 우리가 안개를 걷을 수는 없는 노릇 아닙니까!"

로비노는 신비주의 안에 몸을 감추곤 했다. 임원진에 속한 그는 팽이처럼 일하는 사람들 중에서 어떻게 하면 사람들을 몰아붙여 업무 시간을 개선할 수 있는지 잘 알고 있는 유일한 사람이었다.

리비에르는 로비노에 대해 이렇게 말하기도 했다.

"로비노는 아무 생각을 안 해. 그러니 잘못된 생각을 할 위험도 없지."

일례로 항공기가 파손되면 조종사는 무사고 수당을 받을 수가 없다는 규칙에 대해서도 로비노는 리비에르에게 "숲을 날다 고장이 난 거면 어쩌죠?"라고 물었다.

"숲에서도 마찬가지네."

로비노는 이 답변을 마음 깊이 새겼고, 그 뒤로 조종사들에게 이렇게 말해 왔다.

"아주 유감이네. 참으로 안타깝지만 숲에서 고장이 나도 안 된다네."

"하지만 감독관님, 그걸 어떻게 저희가 정할 수 있나요!"

"그게 규칙일세."

리비에르는 '규칙이란 일견 불합리해 보이지만 사람들에게 가르침을 주는 종교 의식과도 같은 것'이라고 생각했다. 그에게 있어 정당함과 부당함은 중요한 기준이 아니었다. 어쩌면 그에게 이런 것들은 아무런 의미가 없을지도 모른다. 리비에르는 저녁이 되면 소도시의 소시민들이 야외 음악당 주위로 모여드는 것을 떠올리며 생각했다.

'그들에게 정당함이나 부당함 같은 건 의미가 없지. 그런 건 존재하지도 않아.'

그에게 있어 인간이란 매만져 빚어 줘야 하는 무구한 밀랍 같은 존재였다. 이 물질에는 영혼을 불어넣고 의지를 심어 줘야 하는 법이다. 리비에르도 직원들을 지나치게 엄격히 통제하고 싶은 건 아니었지만 반발이 생길 만큼은 몰아붙일 생각이었다. 이유가 무엇이든 출발 지연이 발생할 때마다 무조건 벌을 내린다면 혹여 부당한 상황이 생길지는 몰라도 모든 기항지들이 정시 이륙을 위해 의지를 다질 수 있으리라. 리비에르는 바로 그 의지를 만들려는 것이었다. 앞이 보이지 않을 정도로 기상 상태가 나쁠 때면 휴식이 주어진 것처럼 내심 기뻐할 것이 아니라 날씨가 갤 때까지 마음을 졸이고 있도록 직원들을 가르쳤다. 이런 압박은 가장 말단의 이름 없는 인부들도 예외가 아니었다. 모든 직원은 갑옷처럼 단단해 보이는 하늘에 단 하나의 틈만 생겨도 파고들었다.

"북쪽 상공 뚫림! 이륙 준비!"

리비에르 덕분에 이곳에서는 만오천 킬로미터에 달하는 항로 위로 우편 수송기를 보내는 이 일종의 의식을 항상 최우선적인 것으로 여겼다.

리비에르는 종종 이런 말을 했다.

"자기가 하는 일을 좋아할 수 있으니 저들은 참으로 행복한 사람들이야. 저들이 자기 일을 좋아할 수 있는 건 내가 엄격한 덕분이기도 하지."

그는 직원들을 괴롭히는 것 같기도 하지만, 그들에게 강력한 기쁨을 안겨 주기도 한다. 그는 생각했다.

'저들을 고통과 기쁨이 공존하는 강렬한 삶의 현장으로 이끌어 줘야 해. 바로 그런 삶이야말로 의미가 있는 법이거든.'

차가 시내로 들어서자 리비에르는 회사 사무실로 향했다. 펠르랭과 단둘이 남은 로비노는 조심스레 펠르랭에게 말을 걸었다.

# V

그날 저녁, 로비노는 맥이 빠져 있었다. 정복을 마치고 돌아온 펠르랭과 비교하면 자신의 삶은 잿빛이기만 한 것 같았다. 특히 감독관이라는 직책과 권위를 가지고 있음에도, 손에 군데군데 검은 기름을 묻히고는 완전히 지쳐서 두 눈을 감은 채 차 구석에 찌그러져 있는 이 남자에 비하면 무가치한 삶을 사는 것 같았다. 로비노는 처음으로 존경스러운 마음이 들었다. 이 마음을 표현하고 그와 우정을 나누고 싶어졌다. 그는 이곳까지의 긴 여정과 더불어 오늘 있었던 몇 가지 실수들 때문에 이미 지쳐 있는 상태였다. 스스로가 우스꽝스럽게 여겨질 정도였다. 저녁에는 연료 재고량 확인 중 실수로 계산을 틀렸는데 그가 벌을 주려고 별렀던 직원이 나서더니 오히려 로비노를 불쌍히 여겨 그 실수들을 해결해 주었다. 그뿐만 아니라 B6형 오일펌프를 B4형과 혼동해 조립 상태가 엉망이라고 혼내기도 했다. 능글맞은 정비사들은 로비노가 장장 이십 분에 걸쳐 '이건 변명의 여지가 없는 무지함'이라며 길길이 뛰도록 내버려뒀는데, 사실은 자신의 무지함을 드러낸 셈이 되었다.

숙소에 가는 것조차도 겁이 났다. 툴루즈에서 부에노스아이레스까지 어디서든 그는 일이 끝나면 곧장 숙소로 돌아가곤 했다. 묵직한 비밀들을 간직한 채 숙소 안에 틀어박혀서는 가방에서 종이 꾸러미를 꺼내 느릿느릿 '보고서'라고 적은 뒤 몇 줄 끼적여 보다가 결국 전부 찢어 버리는 건 늘 있는 일이었다. 로비노는 회사를 커다란 위험으로부터 구하는 일을 하고 싶었다. 하지만 회사는 어떤 위험에도 빠진 적이 없었다. 그가 여태껏 구한 거라곤 녹슨 프로펠러 회전축 정도가 전부였다. 그나마도 비행장 반장 앞에서 어두운 표정으로 이 녹슨 회전축을 만지작거리다가 반장에게서 이런 말을 들었다.

"바로 앞 기항지에 문의하시죠. 이 비행기는 거기서 막 날아온 참이니까요."

로비노는 자기 역할에 회의가 들었다. 그런 그가 오늘은 용기를 내 펠르랭에게 다가간 것이다.

"오늘 함께 저녁식사라도 하겠나? 대화도 좀 나누고. 내가 하는 일이 때로는 꽤나 고된지라…"

그러다가도 너무 자기를 낮추고 싶지는 않아 다급히 말을 고쳤다.

"책임질 일이 워낙 많다 보니 말일세!"

로비노의 부하 직원들은 대부분 그와 사적으로 얽히고 싶어 하지 않았다. 다들 이렇게 생각했다.

'보고서에 쓸거리가 떨어지면 먹잇감을 찾기 시작할 테고, 그러면 나도 곧 잡아먹히겠지.'

하지만 이날 저녁 로비노는 자신에게 닥친 고통을 곱씹는 것 외에는 별다른 생각이 없었다. 유일한 진짜 비밀이기도 한 지긋지긋한 습진으로 인해 몸까지 괴로운 상태였던 그는 이 고난을 하소연하고 싶었다. 오만하게 굴어서는 그 어떤 위로도 받을 수 없기에 겸허함에서 위로를 찾아볼 요량이었다. 그에게는 프랑스에 두고 온 애인도 있었다. 로비노는 프랑스로 귀국할 때면 애인의 마음을 사로잡기 위해 감독관의 업무를 자랑스레 늘어놓곤 했지만, 요전번에 애인이 자신에게 화를 냈기 때문에 그 이야기를 들어줄 말벗도 필요했다.

"그래서 말인데, 같이 저녁이라도 하겠나?"

마음 넓은 펠르랭은 그 제안을 받아들였다.

# VI

리비에르가 부에노스아이레스의 사무실에 도착했을 때 직원들은 반쯤 졸고 있는 상태였다. 그는 외투도 모자도 벗지 않았다. 늘 영원한 여행자처럼 보일 뿐, 눈에 띄는 일이 드물었다. 체구가 작은 탓에 거드름을 피울 수도 없는 데다, 회색빛 머리칼과 특징 없이 무난하기만 한 옷차림 덕분에 어떤 장소에나 쉽게 녹아드는 편이었다. 하지만 그의 열정만큼은 사람들을 움직이게 만들었다. 그의 등장에 직원들은 바쁘게 움직이기 시작했고, 사무장은 다급하게 최근 서류를 뒤적였으며, 타자기 소리도 나기 시작했다.

그때 전화교환수가 교환기에 회선들을 연결하고 두꺼운 노트에 전보를 받아 적었다.

리비에르는 자리에 앉아 전보 내용들을 확인했다.

칠레선 우편기가 격랑을 겪고 난 뒤에 찾아온 평온한 때의 이야기를 다시 읽어 보았다. 모든 것이 제자리에 정돈되어 있고, 비행기가 통과한 공항들은 차례로 전보문을 보내왔다. 그 전보문은 승리를 알리는 단신 뉴스와도 같았다. 파타고니아선 비행기 역시 빠른 속도로 전진하고 있었다. 예정된 시간보다도 더 빠르게 이동할 수 있었던 것은, 남쪽에서 북쪽으로 커다랗고 기분 좋은 바람 너울이 밀려온 덕분이었다.

"기상 전보들을 줘 보게."

공항들은 앞다퉈 맑은 날씨를 알리고 있었다. 하늘은 투명하게 개었고 순풍이 불고 있다는 소식들이었다. 금빛 저녁 하늘이 아메리카 대륙 전체를 감싸고 있는 듯했다. 리비에르는 온갖 사물에 서려 있는 그 열정을 만끽했다. 지금 비행기는 밤하늘 속 어딘가에서 한밤의 모험을 하며 고군분투 중이겠지만, 운이 나쁘지는 않을 터였다.

리비에르는 노트를 밀어 놓았다.

"됐군."

그러고는 밤을 지새우며 이 세상의 절반을 지키는 한밤의 파수꾼처럼 비행 업무들을 살피러 밖으로 나섰다.


열린 창 앞에 멈춰선 리비에르는 밤이 찾아왔음을 알아챘다.

밤하늘은 마치 거대한 성당 지붕처럼 부에노스아이레스를, 나아가 대륙 전체를 덮고 있었다. 리비에르는 그 광대함에도 놀라지 않았다. 칠레 산티아고의 상공이 낯선 곳일지라도, 우편 수송기가 산티아고를 향해 비행하기 시작하면 항로의 양 끝인 이곳과 그곳 모두 하나의 깊은 궁륭 아래에서 살아 숨 쉬게 되기 때문이었다. 이제 교신국에서는 파타고니아선 비행기의 통신을 기다리고 있었다. 파타고니아 해상의 어부들은 날아가는 비행기의 위치 등 불빛을 바라보고 있었다. 운행 중인 비행기에 대한 염려가 리비에르를 짓누른다면, 이 염려는 엔진 굉음과 함께 각 수도와 지방 도시들을 짓누를 것이었다.

맑게 갠 밤하늘에 만족한 리비에르는 이제 지나간 혼돈의 밤을 떠올렸다. 위험에 빠진 비행기를 구하는 것조차 어려운 상황이었고, 부에노스아이레스의 교신국에서는 폭풍우로 인해 잡음에 섞여 버린 탄식을 찾아 헤매곤 했다. 그럴 때면 그 귀중한 음파는 귀를 막아 버리는 암벽에 부딪혀 자취를 감추고 말았다. 밤하늘 속 방해물들을 향해 눈먼 화살처럼 날아간 저 우편기의 작은 노랫소리에 얼마나 큰 비탄이 담겨 있던가!

리비에르는 철야 근무가 있을 때 감독관이 사무실에 있어야 마땅하다고 생각했다.

"로비노를 찾아오게."

그때 로비노는 조종사와 막 친분을 다지던 참이었다. 숙소에 도착한 그는 펠르랭 앞에 자기 짐을 풀어 보였다. 가방 안에는 감독관이라고 해서 여느 사람들과 다를 바 없다는 것을 보여 주기라도 하는 듯한 물건들이 들어 있었다. 로비노는 괴상한 취향의 셔츠 몇 벌과 세면도구, 그리고 벽에 걸었던 흔적이 있는 깡마른 여자 사진 한 장을 꺼냈다. 이로써 펠르랭에게 자신의 욕구와 애정과 후회에 대해 소소하게 고백한 것이었다. 자신이 가진 보물들을 가장 비참한 순으로 늘어놓으며 자신의 불행, 그러니까 일종의 정신적인 습진을 드러내 보였다. 자신을 가두고 있는 감옥이 무엇인지 보여 준 것이었다.

하지만 누구나 그러하듯 로비노에게도 작은 빛 하나쯤은 존재했다. 그는 가방 안쪽에서 소중하게 감싼 주머니 하나를 꺼내며 마음이 평온해지는 것을 느꼈다. 그러고는 아무 말 없이 한참 동안 그 주머니를 만지작거리다가 마침내 손을 떼며 입을 열었다.

"이건 사하라에서 가져온 것일세⋯."

감독관은 속마음을 털어놓으며 얼굴을 붉혔다. 모든 좌절과 불행한 연애사와 잿빛 현실들에도 불구하고 그는 주머니에 든 검은 돌멩이들을 꺼내는 것만으로도 위안을 얻을 수 있었다. 그 돌들은 마치 신비의 세계로 향한 문을 여는 것만 같았다.

감독관은 얼굴을 한층 더 붉히며 덧붙였다.

"브라질에도 비슷한 것들이 있다네⋯."

펠르랭은 자신만의 아틀란티스에 빠져 있는 로비노 감독관의 어깨를 가볍게 두드렸다. 그러고는 나름의 수줍음을 무릅쓰고 로비노에게 질문을 던졌다.

"지질학을 좋아하시는군요."

"내 열정 그 자체일세."

로비노의 인생에서 행복을 안겨 줄 수 있는 것은 오로지 돌멩이들뿐이었다.

그때 사무실에서 호출이 왔다. 로비노는 슬픈 마음이 들었지만 이내 의연해졌다.

"이제 가 봐야겠군. 리비에르 국장은 중요한 결정을 내릴 때 꼭 나를 찾거든."

로비노가 사무실에 도착했을 때, 리비에르는 자신이 그를 호출했다는 사실을 잊은 지 오래였다. 그저 벽 앞에 서서 빨간 선으로 우편 수송망의 항로가 표시된 커다란 지도를 바라보며 깊은 생각에 잠긴 모습이었다. 로비노는 지시를 기다렸다. 몇 분인가가 흐르자 리비에르는 여전히 지도에 눈을 고정한 채 물었다.

"로비노, 이 지도에 대해 어떻게 생각하나?"

그는 곧잘 사색을 마치며 수수께끼 같은 질문을 던지곤 했다.

"국장님, 이 지도는⋯."

로비노는 사실 아무 생각이 없었다. 하지만 짐짓 진지한 표정으로 지도 앞에 서서 유럽과 아메리카 대륙 쪽을 훑어보았다. 리비에르는 그에게 말할 틈도 주지 않은 채 다시 사색을 이어 갔다.

'이 항로들은 아름다워 보이지만 한편으로는 고되군. 많은 이들, 특히 많은 젊은이들의 목숨을 대가로 치러야 했으니 말이야. 권위가 확립된 덕분에 인정받고 있긴 하지만 한편으로는 너무 많은 문제들이 발생하고 있지 않은가!'

그러나 리비에르는 목적만 달성할 수 있다면 아무래도 상관없었다.

로비노는 그의 옆에서 여전히 지도를 바라보며 자세를 고쳐 섰다. 리비에르에게서 동정을 얻을 생각은 없었다. 일전에도 그 우스운 지병으로 엉망이 되어 버린 자신의 삶을 고백하여 연민을 얻어 보려 시도한 적이 있었다. 하지만 돌아온 것은 농담 섞인 차가운 답변뿐이었다.

"지병 때문에 잠을 못 잔다면, 적어도 그게 자네를 움직이게 만드는 자극제인 셈이군."

그 말에는 진담도 반 정도 섞여 있었다. 리비에르는 평소에도 이런 말을 서슴지 않았다.

"음악가가 불면증으로 밤을 지새우며 아름다운 작품을 만들어 낸다면 그것은 아름다운 불면증일세."

언젠가는 르루를 가리키며 이렇게 말하기도 했다.

"보게나, 사랑에 빠져 버리지 않도록 막아 주는 저 추함이란 얼마나 멋진 것인가."

르루가 지닌 모든 장점이 삶 전체를 온전히 일에만 쏟아붓게
만드는 저 추함에서 기인한 것이라는 얘기였다.

"펠르랭과는 꽤나 친해졌나?"

"그게…."

"꾸짖으려는 건 아닐세."

리비에르는 몸을 돌려 고개를 숙인 채 빠르게 걸으며 로비노
를 이끌었다. 그의 입술에는 쓸쓸한 미소가 어렸지만 로비노는
그 뜻을 이해할 수 없었다.

"한 가지만 말해 두자면, 자네가 상관이라는 건 확실히 하세."

"예."

로비노가 답했다.

리비에르는 매일 밤 연극 무대처럼 하늘을 수놓는 자신들의
일을 떠올렸다. 의지가 약해지면 실수가 일어나기 마련이다. 그
렇게 되면 지상에서는 종일 분주하게 애를 써야 한다.

"자네는 자네 역할을 지켜야지."

리비에르는 쉬지 않고 말을 이어 갔다.

"당장 내일 그 조종사에게 위험한 비행을 지시해야 할 수도 있
지 않은가. 그도 자네의 지시에 복종할 수 있어야 할 테고."

"예…."

"자네의 일은 사람들의 목숨을 쥐고 있는 것이나 다름없네. 게

다가 자네보다 더 가치 있는 사람들이잖은가…."

리비에르는 망설이는 듯했다.

"참으로 중요한 일일세."

리비에르는 여전히 잰걸음으로 걸으며 잠시 입을 다물었다.

"만약 그들이 자네 지시에 따르는 것이 우정 때문이라면 자네는 그들을 속이는 걸세. 자네에게는 그 어떤 희생도 요구할 권리가 없지 않은가."

"예…. 물론 그렇죠."

"그리고 자네가 우정 때문에라도 어떤 궂은일을 막아 줄 거라고 기대한다면 그것도 그들을 속이는 걸세. 자네는 그들이 복종하도록 해야 하네. 여기 앉게나."

리비에르는 손을 뻗어 로비노를 자리에 앉혔다.

"자네를 다시 제자리로 돌려놓겠네. 지치더라도 그들에게서 기댈 곳을 찾지는 말게나. 자네는 상관일세. 약한 모습은 비웃음만 살 뿐이야. 받아 적게."

"저는…."

"이렇게 적게. '로비노 감독관은 펠르랭 조종사에게 이러이러한 이유로 이러이러한 처벌을 내림.' 이유는 자네가 아무거나 찾아 넣게."

"국장님!"

"로비노, 알아들은 대로 실천하게. 자네의 지시를 받는 이들을 기꺼이 사랑해 주게. 하지만 그걸 말로 해서는 안 되네."

로비노는 다시 열성적으로 프로펠러 회전축 청소를 지시할 터였다.


비상착륙장에서 무전이 전달됐다.

— 항공기 보임. 감속 후 착륙하겠다고 연락 옴.


족히 삼십 분은 허비될 터였다. 리비에르는 지금 느끼는 이 감정이 무엇인지 잘 알고 있었다. 고속열차가 선로 위에 멈춰 버려서 매 순간 바뀌어야 할 바깥 풍경이 변하지 않는다는 걸 알아차렸을 때 치밀어 오르는 바로 그 노여움이었다. 이제 추시계의 큰 바늘은 죽어 버린 공간을 그리고 있다. 저 부채꼴의 조각 안에서 수많은 일들이 이루어질 수 있었을 터였다. 리비에르는 기다림을 잊기 위해 밖으로 나갔다. 밤하늘은 마치 배우들이 없는 극장처럼 텅 비어 보였다.

'이런 밤을 허비하고 있군!'

리비에르는 원통한 표정으로 창 앞에 서서 별로 가득한 하늘과 신성한 표지판들을 바라보았다. 저 달은 이렇게 헛되게 흘러가는 밤에 새겨진 금 조각과도 같았다. 그러나 일단 비행기가 이륙하고 나면 이 밤이 다시 감동적이고 아름답게 여겨지곤 했다.

밤하늘은 양 옆구리에 생명을 품고 있다. 리비에르는 그 생명을
보살폈다.

그는 승무원에게 물었다.

— 날씨는 어떤가?

십 초 뒤 답이 돌아왔다.

— 매우 맑음.

그리고 비행기가 통과해 온 도시들의 이름이 도착했다. 리비
에르에게 있어 이것은 전투로 함락시킨 도시들의 이름이었다.

# VII

 

한 시간쯤 지났을 무렵, 파타고니아선 우편기의 통신기사는 누군가 어깨를 잡아끄는 듯 몸이 천천히 위로 들리는 느낌을 받았다. 주위를 돌아보았지만 짙은 구름에 별빛도 보이지 않았다. 고개를 숙여 잎사귀 사이에 숨어 반짝이는 애벌레처럼 지상에서 빛나고 있을 마을의 불빛들을 찾아봤지만 이 검은 풀밭에는 아무런 빛도 보이지 않았다.

불안감이 느껴졌다. 힘든 밤이 될 예정이었다. 전진과 후퇴를 반복하며 함락시킨 영토들을 다시 돌려줘야 할 수도 있다. 그는 조종사의 전술을 이해할 수 없었다. 이렇게 나아가다가는 벽에 부딪히듯 짙은 밤에 가로막힐 것 같았다.

바로 그때 정면의 지평선 언저리에서 미세한 빛이 번쩍이는 것이 보였다. 마치 대장간에 피어오르는 불꽃처럼 희미한 빛이었다. 통신기사는 파비앵의 어깨를 두드렸다. 하지만 조종사는 미동도 없었다.

멀리 떨어진 폭풍우에서 불어오는 첫 번째 난기류가 비행기를 덮쳤다. 슬그머니 위로 들린 이 금속 덩어리의 무게는 통신기사의 몸을 짓누르다가 이내 녹아 사라졌고, 그는 몇 초 동안인가 밤하늘 속을 홀로 부유했다. 그는 양손을 뻗어 강철 골조에 매달렸다.

이제 조종석의 붉은 등을 제외하고는 아무것도 보이지 않게 되자 통신기사는 저 작은 등이 만들어 준 유일한 보호막을 넘어 밤의 한복판으로 떨어져 버릴 듯한 느낌에 몸서리를 쳤다. 조종사가 어떤 결정을 내렸는지 묻고 싶었지만 감히 그를 부를 수는 없었다. 통신기사는 그저 양손으로 골조를 바짝 붙든 채 조종사 쪽으로 몸을 숙였다. 어둠 속에서 조종사의 목덜미가 보였다.

움직임이라고는 없는 머리와 어깨만이 희미한 빛 아래 모습을 드러냈다. 살짝 왼쪽으로 기울어 있는 그의 몸은 이제 어두운 덩어리에 지나지 않았고, 폭풍우를 마주하고 있는 얼굴 역시 번개가 번쩍일 때마다 씻겨 나가고 있는 것이 분명했다. 하지만 통신기사는 그의 얼굴에서 아무것도 읽을 수 없었다. 그는 폭풍우에 맞서면서 밀려오는 불만, 의지, 분노와 같은 감정들도, 저 창백한 얼굴과 짧은 섬광 사이에서 오가는 본질적인 것들도 이해할 수 없었다.

그러나 통신기사는 저 어둠 속의 부동자세에 응축되어 있는 힘을 짐작했고, 그것을 사랑하기로 했다. 그 힘은 틀림없이 그를 폭풍우 앞으로 데려갈 테지만, 동시에 보호해 주기도 할 것이다. 조종간을 세게 움켜쥔 저 두 손은 짐승의 목덜미를 짓누르듯 폭풍우를 눌러 버린 것이나 다름없었다. 그럼에도 힘이 잔뜩 들어간 어깨는 여전히 움직이지 않았다. 극도의 신중함이 느껴졌다.

통신기사는 결국 조종사가 책임을 지게 될 거라고 생각했다. 그리고 이제 불구덩이로 뛰어드는 말의 안장에 매달린 채, 앞에 보이는 저 어두운 형체가 질적으로, 양적으로, 지속적으로 표출하는 것들을 음미했다.

또다시 왼쪽에서 대장간의 불꽃 같은 것이 사그라지는 등대 불빛처럼 흐릿하게 빛났다.

통신기사는 조종사의 어깨를 두드려 이 사실을 알리려고 했지만 파비앵은 천천히 고개를 돌려 새로운 적을 응시하고는 다시 본래의 자세를 회복하고 있었다. 어깨는 여전히 고정되어 있었고, 목덜미도 가죽 시트에 기댄 채였다.

# VIII

리비에르는 잠시 밖으로 나와 거리를 거닐며 커져 가는 불안을 잠재우고자 했다. 오로지 행동을 실천하기 위해, 그것도 극적인 행동만을 위해 살아가는 그이지만 그 무대를 바꾸면 지극히 개인적인 연극이 되어 버린 것 같은 묘한 기분을 느꼈다. 그는 야외 음악당 주변에 모여든 소시민들의 삶이 겉으로는 잔잔해 보일지 몰라도 때로는 비극에 가까운 묵직한 중압감이 있으리라 생각했다. 삶에는 질병, 사랑, 죽음 그리고 어쩌면 그보다 더한 것들이 얽혀 있는 법이다. 리비에르 역시 여러 불행들을 겪으며 많은 가르침을 얻었다. 리비에르는 생각했다.

'고통은 또 다른 길을 내주기 마련이지.'

밤 열한 시가 되어 한결 숨통이 트인 그는 사무실 방향으로 발

길을 돌렸다. 그는 극장 입구 앞에 모여 있는 인파를 헤치며 천천히 걸음을 옮겼다. 눈을 들어 곧게 뻗은 거리를 향해 빛을 비추고 있는 별들을 바라보았지만, 별빛은 눈부신 간판 때문에 거의 가려져 있었다.

리비에르는 생각했다.

'오늘 밤 나는 두 대의 우편기가 아직 날아가고 있는 저 하늘 전체를 책임지고 있다. 저 별은 사람들 사이에서 나를 지목해 찾아내는 어떤 신호와도 같다. 조금은 낯설고도 고독한 느낌이 드는 것도 그 때문이리라.'

리비에르는 음악 한 구절을 떠올렸다. 전날 친구들과 함께 들었던 소나타의 한 부분이었다. 친구들은 음악을 들으면서도 이해할 수 없다는 눈치였다.

"예술이란 건 정말 지겨워. 자네도 마찬가지일걸세. 다만 그걸 말로 하지 않을 뿐이지."

그는 대답했다.

"그럴지도 모르지."

그때도 오늘 밤처럼 고독한 느낌이 들었다. 하지만 이내 리비에르는 이러한 고독에서 풍요로움을 얻을 수 있다는 걸 깨달았다. 음악이 지닌 메시지는 달콤한 비밀을 안고 수많은 평범한 사람들 중에서 오로지 그에게만 다가왔다. 저 별이 주는 신호도 바로 그런 것이었다. 별들은 군중들 틈에서도 오직 그만이 알아들을 수 있는 언어로 말하고 있었다.

거리 위의 사람들에게 이리저리 떠밀리면서 그는 생각했다.

'불쾌해하지 않겠어. 나는 군중 사이를 급하게 걸어가는, 아픈 아이를 둔 아버지와도 같아. 그런 아버지는 마음속으로 자기 가정의 위대한 침묵을 간직하는 법이지.'

리비에르는 눈을 들어 사람들을 바라보았다. 그들 중에서 자신만의 상상이나 사랑을 안고 잰걸음으로 거니는 사람이 있는지 찾아보다가, 곧 등대지기의 고독을 생각했다.


사무실에 들어서자 느껴지는 정적이 꽤나 만족스러웠던 리비에르는 책상 사이로 한 걸음씩 발자국을 옮겼다. 사무실 안에는 그의 발소리만이 울려 퍼졌다. 타자기들은 커버를 덮고 잠들어 있었고, 순서대로 정렬된 서류들 너머로는 문 닫힌 수납장이 놓여 있었다. 그곳에는 십 년에 걸친 경험과 업무 기록들이 고스란히 남아 있었다. 리비에르는 예전에 한 은행의 지하 금고에 들렀던 기억을 떠올렸다. 은행 금고에는 부가 잔뜩 쌓여 있었다. 그는 이 사무실에 쌓여 있는 기록 한 장이 금보다도 더 귀한 것이라고 생각했다. 이 기록에는 살아 움직이는 힘이 담겨 있기 때문이었다. 그러나 은행에 맡겨진 금덩이처럼 이 힘 역시 지금은 잠들어 있다.

사무실 안을 거닐던 그는 철야 근무 중이던 직원 한 명을 마주쳤다. 그 직원은 삶과 의지가 지속될 수 있도록, 그리고 툴루즈부터 부에노스아이레스까지 이어지는 항로 전체가 그 어떤 기항지에서도 끊어지지 않도록 이곳 어딘가에서 일을 하고 있었다.

'저 사람은 자신이 얼마나 위대한 일을 하고 있는지 알지 못하겠지.'

우편 수송기들은 모두 어딘가에서 사투를 벌이고 있다. 야간 비행은 어떤 질병처럼 밤새 지켜봐야 할 필요가 있다. 비행기에 오른 저들은 손과 무릎을 들어 어둠에 맞서고, 때로는 보이지 않는 곳에서 무언가가 움직이고 있다는 것 외에는 아무것도 모른 채 깊은 바다에서 빠져나오듯 눈먼 두 팔을 허우적대야 한다. 우리는 그런 그들을 도와야 한다. 가끔은 이런 고백을 들어야 할 때도 있다.

"제 손조차 보이질 않아 불을 비춰야 했지요."

붉은 암실 조명 아래 현상액 속에서 유일하게 드러나는 것은 사진사의 부드러운 두 손뿐이리라. 세상에 남는 것도 그런 부드러움뿐이며, 이 일은 바로 그것을 구해 내는 일이다.

리비에르는 영업부 사무실 문을 열었다. 등불은 단 한 개만 켜져 있었고, 그 빛은 사무실 구석을 비추고 있었다. 타자기 소리가 들려왔지만 정적을 완전히 메울 정도는 아니었다. 그때 벨이 울렸다. 당직 직원이 자리에서 일어나 집요하고 구슬픈 벨 소리가 계속 울려 퍼지는 전화기 앞으로 다가갔다. 그가 수화기를 들자 눈에 보이지 않던 불안도 조금씩 가라앉았다. 어두운 구석 한 편에서 통화 소리가 나지막이 들려왔다. 전화를 끊고 태연하게 자리로 돌아온 직원의 얼굴에는 고독감과 졸음만이 가득해 마치 풀기 어려운 비밀을 안고 있는 것 같았다.

우편기가 두 대씩이나 비행 중인 한밤중에는 바깥에서 걸려온 전화 한 통이 엄청난 위협처럼 다가온다. 리비에르는 전등 불빛 아래 모인 가족들에게 전보문이 전해지고, 거기 담긴 비극이 영겁과도 같은 잠깐의 시간 동안 아버지의 얼굴에 비밀을 남기고 마는 것을 떠올렸다. 그 절규는 너무도 먼 곳에서 울려 퍼지는 고요한 것이어서 힘없는 파동만을 남긴다. 그리고 매번 이렇게 조심스러운 전화벨 소리가 들리는 날이면, 리비에르는 거기서 미약한 절규의 메아리를 듣곤 했다. 그날은 직원이 전화가 울릴 때마다 물속을 유영하는 사람처럼 느리게 움직여 수화기를 들었다가, 통화를 마치면 잠수부가 수면으로 올라오듯 불이 환한 자기 자리로 돌아오는 것을 반복하고 있었다. 리비에르에게는 그런 모습이 비밀들을 잔뜩 짊어지고 있는 것처럼 보였다.

"거기 있게나. 내가 받지."

리비에르는 수화기를 들고 세상에서 들려오는 소리에 귀를 기울였다.

"리비에르일세."

잠시 잡음이 일더니 목소리가 들려왔다.

"교신국으로 연결하겠습니다."

이번에는 전화 교환기 회선에서 잡음이 들려오고 또 다른 목소리가 연결됐다.

"교신국입니다. 교신 내용을 전달하겠습니다."

리비에르는 내용을 받아 적으며 고개를 끄덕였다.

"그래…. 알겠네."

중요한 내용은 없었다. 전부 일상적인 업무 내용들이었다. 리우데자네이루에서 자료를 요청했고, 몬테비데오에서는 기상 상태를 보고했으며, 멘도사에서는 장비와 관련된 보고를 했을 뿐이었다. 이것들은 늘상 일어나는 작은 소란에 지나지 않았다.

"우편기들 소식은 없나?"

"현재 상공에 폭풍우가 있습니다. 우편기들로부터 수신받은 내용은 없습니다."

"알겠네."

리비에르는 밤하늘이 청명하고 별들도 밝게 빛나고 있다고 생각했지만, 교신국 기사는 맑은 밤하늘 속에서도 먼 곳에서 불어오는 폭풍우의 숨결을 발견해 낸 모양이었다.

"곧 다시 연락하지."

리비에르가 자리에서 일어나자 당직 직원이 다가왔다.

"국장님, 서명해 주셔야 할 보고서들입니다."

"이리 주게."

리비에르는 이 직원에게 커다란 동지애를 느꼈다. 그 마음의 무게는 이 밤하늘만큼이나 묵직한 것이었다.

리비에르는 생각했다.

'우리는 전우다. 저 직원은 지금의 철야 근무가 우리를 얼마나 친밀하게 묶어 주는지 결코 모를 테지.'

# IX

양손에 서류뭉치를 들고 국장실로 돌아온 리비에르는 순간 오른쪽 옆구리에서 강렬한 통증을 느꼈다. 몇 주 전부터 반복되어 온 통증에 그는 불안감을 느꼈다.

'좋지 않군….'

그는 잠시 벽에 기대어 섰다.

'우습게 됐어.'

그러고는 이내 의자에 손을 뻗었다. 새삼 줄에 묶인 늙은 사자가 된 것 같은 느낌에 커다란 슬픔이 엄습해 왔다.

'고작 이러려고 그토록 많은 일을 해 왔단 말인가! 올해 내 나이가 쉰이야. 오십 년 동안 인생을 빈틈없이 채우며 성장과 투쟁을 이어 왔지. 몇 가지 큼직한 사건들은 직접 그 흐름을 바꾸어

놓기도 했어. 그런데 지금은 고작 이런 통증에 사로잡혀 골머리를 썩이며 그걸 마치 세상에서 가장 중요한 문제처럼 여기고 있단 말인가? 참으로 우스운 일이군.'

잠시 쉬며 땀을 훔치던 그는 몸이 한결 가벼워지자 다시 일을 시작했다.

리비에르는 천천히 보고서들을 살펴보았다.

- 부에노스아이레스에서 301호 엔진 해체 중 발견…. 책임자에게 중징계를 내려….

  서명.

- 플로리아노폴리스 기항지는 지시사항 위반으로 인해….

  서명.

- 비행장 반장으로 근무 중인 리샤르에 전직 처분을….

  서명.

옆구리 통증이 조금 가라앉기는 했지만 완전히 사라지지는 않았다. 통증은 꼭 새로운 삶의 의미처럼 찾아오곤 했다. 통증을 곱

씹던 리비에르의 머릿속은 자기 자신에 대한 생각으로 옮겨 가기 시작했고, 이내 씁쓸한 기분에 젖어 들었다.

'나는 공정한가? 아닌가? 알 수 없지. 어쨌든 내가 칼을 들면 사고가 줄어드는 건 분명해. 책임은 사람이 아닌, 손으로 잡을 수 없는 어떤 막연한 힘에게 있어. 비록 그 힘이 모든 사람에게 적용되는 것은 아닐지라도 말이지. 만일 내가 공정하기만 한 사람이라면 야간 비행은 매번 누군가의 죽음을 동반하고 말 거야.'

엄격하게 선을 긋는 것은 리비에르 자신에게도 피로감을 안겨 주었다. 그는 동정도 나쁜 것은 아니라고 생각하며 여전히 꿈에 젖은 기분으로 보고서들을 마저 살펴보았다.

― …로블레는 오늘부로 권고사직됨.

리비에르는 지난 저녁 이 노익장과 나눴던 대화 내용을 떠올렸다.

"본보기 말일세. 자네들에게 필요한 건 본보기라네."

"그렇지만 국장님…. 한 번만, 단 한 번만 다시 생각해 주십시오! 저는 평생을 이 일에 헌신해 왔습니다!"

"본보기가 필요하다네."

"국장님…. 국장님!"

로블레는 다 낡아 해진 지갑 속에서 오래된 신문 조각을 꺼냈다. 신문에는 비행기 앞에 선 젊은 로블레의 사진이 실려 있었다.

리비에르는 이 수수한 영광을 움켜쥐고 있는 늙은이의 손을 바라보았다. 손이 떨리고 있었다.

"국장님, 이게 1910년입니다. 이 비행기, 아르헨티나 최초의 비행기를 조립한 사람이 접니다! 1910년부터 해 온 일입니다, 국장님. 벌써 이십 년이 되었어요! 그런데 어떻게 그런 말씀을….. 그리고 젊은이들, 작업반의 젊은 친구들이 저를 또 얼마나 비웃겠습니까! 정말이지 한참을 비웃겠지요…!"

"그건 나와는 관계없는 일이네."

"제 아이들은요. 국장님, 전 자식을 건사해야 할 몸입니다!"

"잡부 자리를 준다고 하지 않았나."

"국장님, 제게도 체면이란 게 있습니다. 이십 년째 항공기 조립을 해 왔는데, 저같이 나이 든 사람을 어떻게….."

"잡부 자리를 준대도."

"아니, 싫습니다. 거절하겠습니다!"

로블레의 늙은 두 손은 떨고 있었다. 리비에르는 시선을 옮겨 멋지게 주름이 진 그의 두꺼운 피부를 바라보았다.

"잡부 자리가 있네."

"아니요, 국장님. 아닙니다….. 제 말 좀 더 들어주세요."

"이제 가 보게."

리비에르는 생각했다.

'내가 이렇게까지 엄하게 로블레를 해고하는 건 그가 아닌 일종의 악행을 잘라 버리기 위한 것이야. 그에게 책임이 있는 것이 아닐지라도, 어쩌면 그 악행이 그를 스쳐 지나갔을 뿐일지라도.'

그리고 뒤이어 생각했다.

'사건도 마찬가지야. 사건은 인간의 지배를 따르는 대상이므로 만들어지는 것이라고 봐야 해. 초라한 존재가 되어 버린 인간들도 만들어지는 것이지. 그러니 혹 악행이 사람을 스치고 간다면 그 사람을 멀리 떨어뜨려야 하는 법이야.'

"제 말 좀 들어주세요"라고 애원하던 이 애달픈 늙은이에게는 무슨 말이 남아 있었을까? 이건 오랜 기쁨을 빼앗는 처사라고? 비행기 기체에 부딪히는 공구 소리를 좋아했다고? 자신의 삶에서 중대한 시 한 편을 앗아 가는 거라고? 그리고, 그런데도 계속 살아야 하냐고?

리비에르는 생각했다.

'너무 피곤하군.'

열기가 올라와 온몸을 감싸는 듯한 기분이었다. 그는 보고서 뭉치를 두드리며 상념에 잠겼다.

'이 양반 인상이 참 좋았는데 말이지….'

리비에르는 로블레의 손을 떠올렸다. 두 손을 모으려던 미세한 움직임이 떠올랐다. "그래, 괜찮네. 그냥 있게"라고 말해도 될 일이었다. 리비에르의 머릿속에 기쁨으로 가득한 그의 얼굴이 그려졌다. 그 기쁨은 흘러넘쳐 그의 주름진 두 손도 적실 것이었다. 특히나 그 손에 묻어날 기쁨은 이 세상에서 가장 아름다운 것이리라.

'이 보고서는 찢어 버릴까?'

그러면 로블레는 가족들에게 거들먹대며 이 소식을 전할 터였다.

"당신 그러면 계속 일할 수 있는 거예요?"

"그럼, 그럼! 나는 아르헨티나 최초의 비행기를 조립한 몸이라고!"

젊은이들도 더 이상은 이 노익장이 다시 얻어 낸 위엄을 비웃을 수 없을 것이다.

'찢어 버릴까?'

그때 전화벨이 울렸고 리비에르는 수화기를 들었다. 한동안은 바람과 공간이 만들어 낸 울림과 깊이만이 느껴지다가, 마침내 말소리가 들려왔다.

"비행장입니다. 받으신 분 누구십니까?"

"리비에르일세."

"국장님, 650편 항공기가 활주로에서 대기 중입니다."

"알았네."

"준비는 다 마쳤습니다만, 직전까지 전기 회로를 손봐야 했습니다. 접속에 문제가 있더군요."

"그랬군. 회로 조립을 누가 했지?"

"확인해 보겠습니다. 승인해 주신다면 곧바로 징계 처리하겠습니다. 기내 조명이 고장이라도 난다면 심각한 문제가 될 수 있으니 말입니다!"

"물론일세."

리비에르는 생각했다.

'이처럼 어디선가 악행을 마주쳤을 때 곧장 그 뿌리를 뽑아 놓지 않는다면 애꿎은 기내 조명이 고장 날 수도 있는 거야. 해결 방법을 찾았는데 그대로 내버려둔다면 그건 큰 잘못이지. 로블레는 역시 내보내야겠어.'

사무실로 돌아가자 직원은 어디로도 시선을 돌리지 않은 채 여전히 타자기만을 두드리고 있었다.

"무슨 작업 중인가?"

"보름치 회계 장부입니다."

"왜 아직도 미완성이지?"

"그게…."

"이따 보세."

'어떤 거대하고 어두운 힘의 정체가 드러나기라도 하는 것처럼 사건들이 극성을 부리고 있군. 그 힘은 원시림을 들어 일으키는 바로 그 힘이지. 위대한 업적의 주변에서 자라나 돌파하여 솟아오르는 그런 힘.'

리비에르는 작은 넝쿨에 둘러싸여 결국은 무너지고 마는 사원들의 모습을 떠올렸다.

'위대한 업적….'

그는 생각을 이어 가며 스스로를 안심시켰다.

'나는 저들 모두를 좋아해. 그러나 내가 맞서 싸우려는 건 저들이 아니야. 저들을 스치고 지나가는 바로 그 악행이지.'

리비에르는 갑자기 빠르게 뛰는 심장이 고통스럽게 느껴졌다.

'내가 한 일이 옳은 일인지는 알 수 없어. 인간의 목숨이 지닌 정확한 가치도 알 길이 없지. 정의나 비애 같은 것들도 마찬가지야. 나는 인간의 기쁨이 지닌 가치도 정확히 알지 못해. 떨리는 손도, 동정심도, 온화함도 알 수 없어….'

그는 생각했다.

'삶에는 너무 많은 모순이 있어. 사람들은 온 힘을 다해 삶과 타협을 이어 가고 있지…. 하지만 견디고 창조하며, 결국에는 사라지고 말 육신을 바꾼다는 건….'

잠시 상념에 잠겨 있던 리비에르는 곧 전화를 들었다.

"유럽선 우편기 조종사를 호출하게나. 출발 전에 날 보고 가라고 전해 주게."

그러고는 생각했다.

'이 우편기가 허탕을 치게 해서는 안 돼. 만약 내가 내 사람들

을 구해 내지 못한다면 밤은 언제나 불안한 것으로 남을 수밖에 없어.'

# X

전화벨 소리에 잠에서 깬 조종사의 아내는 남편을 쳐다보며 생각했다.

'조금 더 자게 두자.'

옷도 걸치지 않은 채 잠든 남편의 둥그스름한 가슴팍을 물끄러미 바라보던 여자는 멋진 배 한 척을 떠올렸다.

조종사는 항구에 정박한 배처럼 잔잔한 침대에 누워 있었다. 이 바다의 그 어떤 그늘과 너울들도 남편의 잠을 방해하지 않도록 여자는 손을 뻗어 이부자리의 주름을 매만졌다. 그 손은 바다를 잠잠케 하는 신의 손과도 같았다.

자리에서 일어난 조종사의 아내는 창문을 열고 얼굴을 들어 불어오는 바람을 맞이했다. 이 방에서는 부에노스아이레스 시내가 내려다보였다. 사람들이 춤을 추고 있는 옆집에서 노랫소리가 들려왔다. 바람은 그 소리를 곳곳으로 실어 날랐다. 기쁨과 휴식으로 가득한 시간이었다. 이 도시는 십만 개의 요새로 사람들을 감싸 안고 있는 듯했다. 모든 것이 평온하고 안전했다. 그러나 여자는 곧 "무기 장전!"이라는 외침이 들려온 뒤 단 한 사람, 오로지 자신의 남편만이 벌떡 일어설 것 같은 기분이 들었다. 조종사는 아직 자리에 누워 있었지만 그 휴식은 곧 전투에 투입될 예비병의 그것처럼 불안하기만 했다. 잠든 이 도시는 그를 지켜 주지 않을 것이다. 그가 젊은 신이 되어 땅을 박차고 오른다면 이 도시를 밝히는 빛도 헛될 뿐이었다. 조종사의 아내는 남편의 강인한 두 팔을 바라보았다. 한 시간 뒤면 유럽선 우편기의 운명을 쥐게 될 이 손은 한 도시의 운명과 같은 어떤 위대한 것들을 책임지고 있었다. 여자는 문득 불안해졌다. 눈앞에 누워 있는 이 남자는 다른 사람들과는 달리 홀로 이 기이한 희생을 각오하고 있었다. 여자는 애달픈 마음이 들었다. 조종사는 여자의 온화한 품에서도 벗어나 버리곤 한다. 식사와 잠자리를 준비하며 남편을 보살피는 것도 자신을 위한 것이 아닌, 그를 집어삼킬 이 밤을 위한 것이었다. 여자는 알 길 없는, 이 밤의 싸움과 번민과 승리를 위한 것이었다. 부드러운 여자의 손길도 길이 든 것일 뿐, 자신의 손이 무슨 일을 하는지는 여자도 알지 못했다. 여자가 아는 거라곤 남편의 미소 짓는 얼굴이나 조심스러운 성격뿐, 밤하늘에서 만나게 될 폭풍우나 그곳에서 신처럼 진노하는 그의 모습은 알지 못한다. 음악이나 사랑이나 꽃처럼 다정한 것들로 그를 아무리 묶어 두어도 비행을 떠날 때가 되면 결국 전부 떨어져 나가고 만다. 게다가 남편은 그 사실을 별로 괴로워하지도 않는 듯했다.

조종사가 눈을 떴다.

"몇 시지?"

"자정이야."

"날씨는 어때?"

"글쎄…."

그는 일어나 창가로 천천히 걸어가서 기지개를 켰다.

"아주 춥지는 않군. 풍향은 어느 쪽이지?"

"내가 어찌 알겠어…."

조종사는 몸을 기울였다.

"남쪽이군. 좋아. 적어도 브라질까지는 괜찮겠어."

밤하늘의 달을 보니 마음이 풍요로워지는 듯했다. 이번에는 도시 쪽으로 눈을 돌렸다. 이 도시는 편안하지도, 눈부시지도, 뜨거워 보이지도 않았다. 조종사는 도시를 비추는 빛들이 덧없는 모래처럼 흐르고 있다고 생각했다.

"무슨 생각을 하고 있어?"

그는 포르투알레그리 쪽에 안개가 얼마나 꼈을지 예상해 보고 있었다.

"나만의 전략이 있어. 어디서 방향을 틀어야 할지 알겠어."

조종사는 여전히 창밖으로 몸을 숙인 채 심호흡을 했다. 곧장 맨몸으로 바다에 뛰어들 것만 같았다.

"아쉬워하지도 않는구나…. 며칠 뒤에 오는 거야?"

여드레가 될지 열흘이 될지 모를 일이었다. 아쉬울 리 없다. 아쉬울 이유가 무엇인가? 그로서는 이 들판과 도시와 산을 정복하러 자유롭게 날아가는 기분이었다. 채 한 시간도 되지 않는 시간 동안 부에노스아이레스를 손에 넣었다가 또 놓아줄 수 있으리라.

조종사는 미소를 지어 보였다.

"이 도시로부터… 나는 빠르게 멀어질 테지. 밤에 떠난다는 건 정말 멋진 일이야. 남쪽으로 출력 레버를 당겼다가 십 초 뒤에는 다시 방향을 틀어 북쪽으로 향할 거야. 그러고 나면 이 도시는 바닷속 풍경처럼 아득해질 뿐이야."

여자는 정복자가 포기해야 하는 것들에 대해 생각했다.

"당신은 이 집이 싫어?"

"좋아하지…."

하지만 조종사의 아내는 남편의 마음이 이미 먼 길을 떠났다는 걸 알고 있었다. 넓은 어깨가 벌써 하늘을 받치고 있었다.

여자가 함께 하늘을 바라보며 말했다.

"날씨가 좋네. 당신이 가는 길에 별들이 가득해."

조종사는 미소 지었다.

"그러네."

조종사의 아내는 남편의 어깨에 두 손을 올리고는 포근함을 느꼈다. 이 몸이 위험을 겪게 될까?

"당신은 강한 사람이야. 그래도 항상 조심해."

"그럼, 조심해야지."

그는 소리 내어 웃었다.

조종사는 옷을 꺼냈다. 축제와도 같은 이번 비행을 위해 가장 거친 천과 두꺼운 가죽으로 된 옷들을 고른 참이었다. 시골 농부처럼 투박한 차림이었다. 묵직한 옷차림을 한 남편을 바라보며 감탄하던 여자는 나서서 허리띠를 채우고 신발을 잡아 주었다.

"이 부츠는 좀 불편하네."

"여기 다른 것도 있어."

"비상등에 걸어 둘 끈도 좀 찾아 줘."

조종사의 아내는 남편을 바라보았다. 그가 갖춰 입은 갑옷의 매무새를 마지막까지 손보았다. 이제 모든 준비가 끝났다.

"당신 정말 멋져."

여자는 정성스레 머리 빗는 남편의 모습을 물끄러미 쳐다보았다.

"별들에게 잘 보이려고?"

"늙어 보이는 게 싫어서."

"질투가 나네…."

조종사는 무거운 옷차림을 한 채 또 한 번 웃어 보이고는 입을 맞춘 뒤 여자를 꼭 껴안았다. 그러고는 여전히 웃는 얼굴로 어린아이를 안듯이 두 팔로 여자를 들어 올려 침대에 내려놓았다.

"마저 자."

문을 닫고 나선 조종사는 거리로 나와 밤거리를 헤매는 이름 모를 사람들 틈에서 정복의 첫걸음을 내디뎠다.

조종사의 아내는 집에 남았다. 여자는 슬픈 표정으로 꽃들과 책들을, 모든 다정함을 바라보았다. 조종사에게는 그저 바닷속 풍경에 지나지 않는 것들이었다.

# XI

리비에르가 조종사를 맞이했다.

"자네 지난번 비행에서는 실수를 했더군. 기상 상태가 좋은데도 회항을 했어. 충분히 통과할 수 있었는데도 말이야. 겁이 났나?"

당황한 조종사는 입을 다물었다. 두 손을 문지르던 그는 다시 고개를 들고 리비에르를 똑바로 바라보았다.

"예."

리비에르의 마음 깊은 곳에서는 이토록 용감한 젊은이가 겁을 냈다는 사실에 딱한 마음이 들었다. 조종사는 변명을 덧붙였다.

"정말 한 치 앞도 보이질 않았습니다. 물론 더 멀리까지 날아 갔다면, 어쩌면 무전 내용처럼 통과할 수 있었을지도…. 하지만 조종석의 등불마저 흐렸던 탓에 제 손끝조차 보이지 않을 정도였습니다. 최소한 날개만이라도 확인하려고 위치등을 켜고 싶었지만 아무것도 보이질 않더군요. 꼭 다시는 빠져나올 수 없을 거대한 구렁텅이에 빠진 느낌이었습니다. 엔진마저 덜컹대며 진동하기 시작했고요."

"아니."

"아니라니요?"

"아닐세. 착륙 후에 엔진을 점검해 봤지만 아무런 이상이 없었어. 겁에 질리면 엔진이 진동하는 것처럼 느껴지기 마련이지."

"그 누가 겁먹지 않을 수 있었겠습니까! 거대한 산맥이 저를 압도했어요. 고도를 높이려고 했지만 강한 난기류가 몰아쳤습니다. 아무것도 보이지 않는 데다 난기류까지 덮쳤으니 어떤 상황이었을지 잘 아실 테죠. 결국 상승은커녕 백 미터가량 곤두박질치고 말았습니다. 수평계나 압력계도 보이질 않았어요. 엔진 회전수도 낮아지더니 과열되기 시작하고 유압도 떨어지는 것 같았죠…. 그런데 이 모든 일이 암흑 속에서 일어난 겁니다. 마치 걷잡을 수 없는 질병처럼요. 환하게 불을 밝힌 도시가 눈앞에 나타났을 때 얼마나 안도했는지 모릅니다."

"상상이 지나치군. 이만 가 보게."

조종사는 자리에서 일어났다.


리비에르는 의자에 몸을 기댄 채 회색 머리카락을 쓸어 올렸다.

'조종사들 중에서 가장 용감한 친구야. 그날 밤에 해낸 비행도 꽤나 훌륭한 것이었지. 하지만 그를 두려움으로부터 구해야 해…'

그러다가 문득 마음이 약해지려는 것을 느꼈다.

'남에게 사랑받고 싶다면 그저 동정하기만 하면 돼. 나는 남을 동정하는 일이 참 드문 데다가 그걸 곧잘 드러내 보이지도 않지. 하지만 나 또한 인간적인 다정함과 우정을 느끼고 싶어. 의사 같은 직업이라면 그럴 수도 있겠지. 하지만 나는 사건 사고를 다루는 사람이야. 사람들이 사건 사고 앞에서 대처할 수 있게 하려면 내가 그들을 단련시켜야 하는 법이지. 어두운 밤 사무실에 항공 지도를 펼쳐 놓고 앉아 있노라면 막연했던 이 사실이 더욱 명확해지곤 해. 만약 내가 마음을 약하게 먹는다면, 모든 일이 그저 신비한 섭리를 따라서만 흘러가도록 내버려둔다면, 결국에는 골치 아픈 사건들이 발생하고 말겠지. 내가 의지를 다져야 비행 사고를 막고, 폭풍우로 우편기가 연착되지 않도록 할 수 있는 거야. 가끔은 나 스스로도 내가 가진 이러한 힘이 놀랍기만 하군.'

리비에르는 계속 생각했다.

'어쩌면 아주 당연한 일이야. 잔디밭을 가꾸려는 정원사가 땅과 끝없는 싸움을 이어 가야 하는 것처럼 말이지. 오로지 그의 손이 움직여야 끊임없이 원시림으로 돌아가려 하는 이 땅의 저항을 억누를 수 있는 법이거든.'

그러고는 다시 젊은 조종사를 떠올렸다.

'그를 두려움으로부터 구해 내야만 해. 내가 혼을 내려는 건 그가 아닌, 그를 두렵게 만들어 미지의 세계로 나아가려는 사람들을 마비시키고자 하는 바로 이 저항이야. 내가 그의 말에 귀를 기울이고 동정하며 그의 모험을 염려했다면, 그는 신비로운 미지의 세계를 등질 것이고 모두가 오로지 이 미지의 세계를 두려워하게 되겠지. 이 어두운 우물 속으로 내려갔다가 다시 올라와 그 아래에 아무것도 없었다고 말해 줄 사람들이 있어야 해. 그 젊은이 역시 손이나 날개를 비춰 줄 아주 작은 광부 램프 하나 없이도 밤하늘의 가장 어둡고 깊은 곳까지 들어가 미지의 세계로부터 어깨너비 정도밖에 떨어지지 않은 코앞까지 다가가 볼 필요가 있어.'

그럼에도 이 싸움에 뛰어든 리비에르와 조종사들은 마음 깊숙한 데서부터 무언의 전우애로 서로 연결되어 있었다. 그들은 같은 정복욕을 품고 한 배에 오른 셈이다. 그러나 리비에르는 밤을 정복하기 위해 직접 펼쳐야 했던 또 다른 전투들을 떠올렸다.

정부 관료들은 야간 비행을 달가워하지 않았다. 그들에게 야간 비행은 아무도 탐험한 적 없는 덤불숲처럼 암흑 속에 갇힌 미개척지 같았다. 폭풍우와 안개를 비롯해 보이지 않는 물리적 난관들이 숨어 있는 밤하늘 속을 시속 이백 킬로미터로 날아가는 것은 공군 전투기나 가능할 법한 모험이라고 생각했다. 그나마 전투기도 맑은 하늘로 날아올라 폭탄을 투하하고 다시 원래 자리로 돌아오는 정도니, 야간에 정기편을 띄운다는 건 실패할 수밖에 없다는 것이다.

리비에르는 반박했다.

"우리에게는 생사가 달린 문제입니다. 해가 떠 있는 동안 철도와 선박보다 아무리 앞서간다 한들 밤을 지내는 동안 전부 허비되고 말잖습니까."

리비에르는 관료들로부터 결산표나 보험과 같은 지루한 얘기들을 듣다가, 여론에 대한 말이 나오자 곧바로 응수했다.

"여론은… 우리가 조율할 수 있습니다!"

그는 생각했다.

'시간 낭비야! 모든 것을 뛰어넘는 무언가… 그런 무언가가 있는 법이야. 살아 있는 것은 살아가기 위해 모든 것을 뒤엎고, 살아가기 위해 제 나름의 규칙을 만들지. 그건 저항할 수 없는 일이야.'

리비에르는 언제, 어떤 식으로 야간 비행이 상용화될 수 있을지는 알 수 없지만, 어쨌든 이 필연적인 해결책을 반드시 마련해야 한다고 생각했다.

그날 주먹으로 턱을 괸 채 반대 의견들을 들으며 낯선 완력에 부딪혀야 했던 그는 녹색 카펫이 깔린 그곳의 분위기를 기억에 새기고 있었다. 그 수많은 반대 의견들이 헛된 것처럼, 그저 생명이란 구실을 내세워 미리 유죄 판결을 내리는 것처럼 보였다. 리비에르는 마음 깊숙한 곳에 마치 묵직한 추처럼 고유한 힘이 응축되는 것을 느끼며 생각했다.

'내 주장이 옳아. 이길 수 있어. 어떤 일이든 이런 상황이 생기는 건 자연스러운 일이야.'

어떤 위험도 없는 완벽한 해결책을 내놓으라는 관료들 앞에서 리비에르는 이렇게 답했다.

"규칙을 뛰어넘는 실제적인 경험만이 유일한 해결책입니다. 규칙을 아는 것만으로는 결코 경험을 앞설 수 없습니다."

결국 일 년이라는 긴 시간에 걸친 투쟁 끝에 리비에르는 승리를 쟁취할 수 있었다. 어떤 사람들은 '리비에르의 신념 때문에', 어떤 사람들은 '리비에르의 끈질김과 앞만 보고 전진하는 곰 같은 우직함 때문에' 결론이 날 수 있었다고 말했다. 하지만 리비에르는 자신이 그저 올바른 방향으로 나아갔던 덕분이라고 생각했다.

처음에는 그 역시 만전을 기했다. 초기의 야간 비행은 일출보다 한 시간 빨리 이륙하고, 일몰보다 한 시간 뒤에 착륙하는 정도에 그쳤다. 리비에르는 그동안 경험을 쌓아 가며 확신을 다진 뒤에야 지금처럼 우편 수송기들을 밤하늘로 밀어 넣을 수 있었다. 물론 지금도 지지보다는 비난의 목소리가 크지만, 그는 여전히 고독한 싸움을 이어 가고 있다.

리비에르는 아직 비행 중인 우편기들이 보내온 새 소식을 확인하기 위해 수화기를 들었다.

# XII

그때 파타고니아선 우편기는 폭풍우를 맞고 있었다. 파비앵은 폭풍우를 피해 우회하려던 생각을 접었다. 뇌우가 내륙 지방까지 뻗치고 있었고 구름도 요새처럼 두터운 걸로 보아 폭풍우의 범위가 꽤 넓다고 판단했기 때문이었다. 우선은 폭풍우 아래로 넘어가는 걸 시도해 보고 만약 상황이 더 심각해지면 회항할 계획이었다.

고도계가 천칠백 미터를 가리켰다. 그는 양손을 조종간 위로 포개어 서서히 고도를 낮추기 시작했다. 엔진이 심하게 흔들렸고 기체도 요동쳤다. 다시 각도를 고쳐 잡은 파비앵은 지도를 보며 전방에 보이는 산의 높이를 확인했다. 산의 높이는 오백 미터 정도. 간격을 유지하기 위해 목표 고도를 칠백 미터 정도로 조정했다.

그러고는 운을 시험하기라도 하듯 고도를 낮추기 시작했다.

한 차례 난기류가 찾아와 비행기를 뒤흔들자 기체가 격하게 요동쳤다. 보이지 않는 산사태의 위협을 받는 기분이었다. 기수를 돌려 별이 가득한 하늘로 돌아가고 싶어졌지만 조금도 선회하지는 않을 작정이었다.

파비앵은 가능성을 점쳐 보았다. 분명 국지성 폭풍우일 것이다. 다음 기항지인 트렐레우로부터 현재 구름양이 칠십오 퍼센트라는 무전을 받았기 때문이다. 그러니 콘크리트에 둘러싸인 듯한 암흑 속일지라도 약 이십 분만 더 버티면 빠져나갈 수 있을 터였다. 그럼에도 파비앵은 안심할 수 없었다. 거센 바람을 살피며 왼쪽으로 몸을 기울이고 있던 그는 캄캄한 밤하늘 속을 여전히 떠다니는 저 흐릿한 섬광이 무엇인지 확인하고 싶었다. 하지만 그것은 더 이상 빛이라고 볼 수도 없었다. 어쩌면 짙은 어둠 속에서 나타나는 밀도 변화에 의한 현상이거나, 눈이 피로해서 나타나는 증상일 수도 있다.

그때 통신기사가 쪽지 하나를 건넸다.

— 여기가 어디죠?

파비앵도 그걸 알 수만 있다면 뭐라도 하고 싶은 심정이었다. 그는 답을 보냈다.

— 알 수 없음. **나침반만 보고 폭풍 통과 시도 중.**

파비앵은 다시 앞을 향해 몸을 기울였다. 엔진 배기구에 다발처럼 뭉쳐 있는 불꽃들이 신경 쓰였다. 너무 희미해서 달빛만 비쳐도 사라져 버릴 것 같은 빛이었지만 이 암흑 속에서는 오로지 그 불꽃들만 보였다. 그는 그 빛을 바라보았다. 바람에 섞인 불꽃은 마치 횃불처럼 휘날리고 있었다.

파비앵은 삼십 초마다 계기판을 살피며 수평계와 나침반을 확인했다. 조종석의 붉은 등을 켜면 한참은 눈이 부실 거였기 때문에 더 이상 불을 밝힐 수도 없었다. 그나마 계기판 곳곳에 발라진 형광물질이 별빛처럼 희미하게 빛나고 있었다. 이 바늘과 숫자들 틈에서 그는 헛된 안정감을 느꼈다. 이곳은 거친 파도를 넘는 배의 선실 같았다. 밤은 물론 밤하늘이 품고 있는 암석과 표류물과 산들이 놀라운 운명처럼 비행기를 향해 날아오고 있었다.

통신기사가 다시 물었다.

— 여기가 어디라고요?

파비앵은 고개를 들었다가 다시 왼쪽으로 몸을 기울인 채 끔찍한 밤샘 비행을 이어 갔다. 얼마나 더 많은 시간과 노력을 들여야 이 암흑으로부터 벗어날 수 있을지 이제 더 이상 알 수 없었다. 절대 벗어날 수 없는 건 아닌지 의심이 들던 참이었다. 그는 희망을 버리지 않기 위해 벌써 천 번도 넘게 펼쳐 보았을 작은 종잇조각 하나만을 손에 꼭 쥐고 오로지 거기에 목숨을 걸었다.

— 트렐레우: 구름양 칠십오 퍼센트, 약한 서풍.

만약 트렐레우 상공의 구름양이 정말로 칠십오 퍼센트라면, 구름 틈으로 빛을 발견할 수 있으리라. 다만 예외가 있다면….
약속된 흐릿한 빛이 저 멀리서부터 그를 불러들이고 있는 듯했다. 하지만 확신할 수 없었던 파비앵은 급히 쪽지 하나를 갈겨쓰고는 통신기사에게 전달했다.

— 통과할 수 있을지 불확실함. 후방의 날씨는 여전히 청명한가?

그러나 답변은 절망적이었다.

— 코모도로의 답신: 코모도로로 회항 불가, 폭풍우 몰아침.

그는 폭풍우가 안데스산맥에서 바다 쪽으로 방향을 틀어 예사롭지 않은 공세를 가할 것이라고 짐작했다. 이대로라면 그들이 도시에 도착하기도 전에 폭풍우가 먼저 도시들을 휩쓸 터였다.

─ 산안토니오의 날씨도 물어봐 주게.

─ 산안토니오의 답신: 서풍, 구름양 백 퍼센트.

　잡음 때문에 산안토니오로 발신이 잘 되지 않습니다. 우리 쪽도

　수신이 어렵고요. 방전 때문에라도 안테나를 거둬들여야 할 듯합

　니다. 회항하실 건가요? 계획이 뭡니까?

─ 입 다물게. 바이아블랑카의 날씨는?

─ 바이아블랑카의 답신: 이십 분 내 서쪽 방향에서 강력한 폭풍우

　예상.

─ 트렐레우는?

─ 트렐레우의 답신: 서쪽으로 초속 삼십 미터의 태풍과 비를 동반

　한 돌풍.

─ 부에노스아이레스 본부로 보내게. 현재 사방이 막힘. 천 킬로미터

　에 걸쳐 폭풍우 확장 중. 아무것도 보이지 않음. 어떻게 해야 할

　지 지시 바람.

파비앵에게 이 밤은 배를 댈 기슭조차 없는 바다 같았다. 항구로도 갈 수 없고(그 어디도 접근할 수 없는 듯 보였다), 그렇다고 다음 날을 기약할 수도 없었다. 한 시간 사십 분 후면 연료가 바닥날 예정이었기 때문이다. 이제 곧 아무것도 보이지 않는 이 짙은 어둠 속을 떠다녀야 할 것이었다.

해가 떠오를 때까지만이라도 버틸 수 있다면….

파비앵은 해가 떠오를 그 아침이 꼭 황금빛 모래사장처럼 여겨졌다. 그곳에 가면 힘들었던 지난밤의 항해를 마치고 뭍으로 밀려 올라갈 수 있으리라. 해가 뜨면 위험하게만 보였던 비행기 아래로 기슭과도 같은 평원이 펼쳐질 것이고, 고요한 대지에는 잠들어 있었던 농장과 가축들과 언덕들이 모습을 드러낼 것이다. 밤하늘 속에 도사리고 있던 표류물들은 공격을 멈추고, 할 수만 있다면 함께 아침을 향해 헤엄칠 것이다.

그는 포위된 기분이었다. 어느 쪽으로든 결국 모든 것은 이 짙은 어둠 속에서 끝나게 되리라.

그건 사실이었다. 파비앵은 해가 떠오를 때면 꼭 온몸이 회복되는 것만 같은 기분을 느끼곤 했다.

하지만 해가 떠오를 동쪽에 시선을 고정한다 한들 무슨 소용이겠는가. 해와 그들 사이에는 그저 거슬러 오를 수 없는 깊은 밤이 자리 잡고 있었다.

# XIII

"파라과이선 우편기는 순항중이군. 두 시쯤이면 볼 수 있을 듯하네. 다만 파타고니아선 우편기는 지연이 심각할 것 같군. 상황이 좋지 않아 보여."

"알겠습니다, 국장님."

"유럽선 우편기를 이륙시켜야 하니 파타고니아선 우편기를 마냥 기다리기는 어렵겠군. 파라과이선 우편기가 도착하는 대로 지시를 요청하게. 준비하고 있도록."

리비에르는 북쪽의 기항지들이 보내온 기상 전보들을 다시 확인했다. 이들은 유럽으로 향하는 우편기를 위해 달을 따라 움직이는 항로를 열어 줄 예정이었다. 전보 내용은 대부분 '하늘 맑음, 보름달, 바람 없음'으로 비슷했다. 하늘에서 비추는 빛 아래

능선을 드러낸 브라질의 산들은 바다의 은빛 물결 안으로 머리카락처럼 빽빽한 검은 숲을 길게 드리우고 있었다. 숲 위로 끊임없이 달빛이 쏟아졌지만 숲 전체를 물들이기에는 역부족이었다. 바다 위를 표류물처럼 부유하는 섬들도 검게 빛났다. 항로 전체를 비추고 있는 달은 마치 마르지 않는 빛의 샘물 같았다.

리비에르가 출발을 지시하고 나면 유럽선 우편기의 승무원들은 밤새도록 온화하게 빛나는 안정된 세계로 들어설 것이다. 그곳은 그 무엇도 어둠과 빛이 이룬 균형을 무너뜨릴 수 없고, 청명한 바람결조차 스며들 수 없는 세계다. 특히나 바람은 차가워지는 것만으로도 몇 시간 만에 하늘 전체를 망가뜨릴 수 있는 위험한 존재였다.

하지만 리비에르는 주저하고 있었다. 마치 출입이 금지된 금광을 바라보고 있는 탐험가처럼 달빛을 바라보고 있었다. 지금 남쪽에서 일어나고 있는 사건들은 홀로 야간 비행을 주장해 온 리비에르의 과오로 돌아갈 터였다. 그의 적들은 파타고니아에서 생긴 참사를 내세우며 강력한 도덕적 입장을 강조할 것이었다. 리비에르의 신념은 이제 무력해질지도 모를 일이었다. 그러나 여태껏 리비에르의 신념은 조금도 흔들리지 않았다. 작은 균열 하나를 통해 비극이 일어났더라도 그에게는 비극을 통해 균열이 드러난 것일 뿐, 그 외에는 아무런 의미가 없었다. 그는 지금도 이런 생각뿐이었다.

'어쩌면 서쪽에 관측소를 더 세워야 할지도 모르겠군…. 두고 봐야겠어.'

그러고는 이렇게 생각했다.

'그럼에도 내 주장의 근거들은 흔들리지 않아. 앞으로는 사고를 더 줄일 수 있겠군. 사고 원인이 하나 드러난 셈이니.'

패배는 요새를 견고하게 해 주는 법이다. 그러나 불행히도 사람들을 상대로 힘겨루기를 벌일 때면 각 요소가 지닌 진정한 의미는 그다지 중요하지 않다. 여기서는 표면상의 승리와 패배만이 중요하고, 그로 인해 초라한 평가만을 받게 된다. 그리고 패배의 허울에 묶여 버리곤 하는 것이다.

리비에르는 전화기를 들었다.

"바이아블랑카에서는 아직도 연락이 없나?"

"없습니다."

"기항지로 전화를 연결해 주게."

오 분 후 전화가 연결됐다.

"왜 아무것도 전달하지 않는 겐가?"

"우편기에서 온 교신이 없습니다."

"아무 연락이 없다고?"

"모릅니다. 폭풍우가 심해서요. 교신을 보냈다고 해도 수신이 안 됐을 수도 있습니다."

"트렐레우에서는 수신된다던가?"

"트렐레우의 교신도 받은 게 없습니다."

"전화해 보게."

"해 보았습니다만 선이 끊겼습니다."

"자네 쪽 기상은 어떠한가?"

"위협적입니다. 서쪽과 남쪽 하늘에 뇌우가 잦습니다. 크기도 크고요."

"바람은?"

"아직은 약풍입니다만 십 분 정도 지나면 바뀔 듯합니다. 뇌우가 빠른 속도로 가까워지고 있어서요."

잠시 침묵이 흘렀다.

"바이아블랑카? 들리나? 흠, 십 분 뒤에 다시 연락 주게."

리비에르는 남쪽 기항지들이 보내온 전보들을 훑어보았다. 우편기로부터 무전을 받았다는 곳은 한 곳도 없었다. 게다가 몇몇 기항지는 부에노스아이레스와도 연락이 어려워지기 시작했다. 지도 위로 침묵에 잠긴 지역의 범위가 점점 커져 갔다. 작은 도시들은 벌써 돌풍의 위력에 시달리고 있었다. 건물마다 문을 걸어 잠갔고, 깜깜해진 거리 위의 집들은 세상으로부터 분리되어 떠다니는 배처럼 밤하늘 속을 헤맸다. 동이 터야만 여기서 벗어날 수 있으리라.

하지만 몸을 숙인 채 지도를 바라보던 리비에르는 여전히 어딘가에는 하늘이 맑게 개어 있을 피난처가 존재할 거라고 기대했다. 경찰을 통해 이 지역 내 삼십여 개 도시 각각의 기상 상황을 물었고, 각 도시에서 보내온 답신이 막 도착하기 시작한 참이었다. 반경 이천 킬로미터 내의 모든 교신국에는 우편기에서 보내는 무전이 포착되는 대로 삼십 초 안에 부에노스아이레스 본부로 내용을 전달하라는 지시가 내려졌다. 그러면 본부에서는 곧바로 파비앵에게 피난처의 위치를 알려 줄 요량이었다.

새벽 한 시부터 호출을 받고 회사에 나온 직원들은 각자의 자리로 향했다. 그들은 거기서 어쩌면 야간 비행을 중단하게 될지도 모른다는 것, 그리고 유럽선도 주간 노선으로 바뀌게 될 수 있다는 얘기들을 비밀스레 이어 가고 있었다. 나지막한 소리로 파비앵과 돌풍과 리비에르에 대해 속닥이던 그들은 바로 저 앞의 국장실에 있는 리비에르가 이번에 일어난 천재지변으로 인해 처참히 무너지고 있다고 생각했다.

그런데 일순 모든 소리가 사그라졌다. 리비에르가 모습을 드러낸 것이다. 여전히 딱 맞는 외투를 입고 모자를 눈까지 푹 눌러 쓴, 영원한 여행자의 모습을 하고 있었다. 그는 조용히 사무장 자리로 향했다.

"한 시 십 분이군. 유럽선 우편기 서류는 규정대로 준비됐나?"

"그게, 제 생각에는⋯."

"자네가 해야 하는 건 생각이 아닐세. 행동이지."

뒤로 돌아선 리비에르는 열린 창문 앞으로 걸어갔다. 두 손은 뒷짐을 진 채였다.

직원 한 명이 그에게 다가갔다.

"국장님, 답신을 거의 받지 못할 것 같습니다. 내륙 쪽 통신회선이 다수 파손되었다는 연락이 있었습니다…."

"알겠네."

리비에르는 미동도 없이 밤하늘을 올려다보았다.


전달된 답신들 중 우편기에 도움이 될 만한 내용은 전무했다. 통신회선이 파손되기 직전까지 각 도시들이 보내온 답신에는 돌풍이 공격적으로 접근하고 있음이 드러나 있었다.

'돌풍이 내륙과 산맥에서 접근. 현재 경로 지역 전체를 초토화하며 바다로 이동 중.'

리비에르는 밤하늘의 별이 지나칠 정도로 반짝이고 있다고 생각했다. 공기도 너무 습했다. 이 얼마나 기이한 밤이란 말인가! 반짝이는 과일의 속살이 썩어 들고 있듯이, 이 밤도 군데군데 빠른 속도로 썩어 들고 있었다. 여전히 하늘에는 별들이 가득했지만, 이 또한 오아시스처럼 순식간에 사라지고 말 것들이었다. 게다가 피난처로 보기에는 우편기가 접근할 수 있는 범위를 벗어나 있었다. 흉악한 바람이 손을 댄 탓에 잔뜩 부패하고 위협적이기까지 한 밤이 되어 버렸다. 도저히 정복할 수 없을 어려운 밤이었다.

그리고 이 밤하늘 어딘가에는 비행기 한 대가 깊은 어둠 속에서 위험에 처해 있다. 이곳에서는 다들 무력하게 몸부림치고 있을 뿐이었다.

# XIV

파비앵의 아내로부터 전화가 걸려 왔다.

우편기가 파타고니아에서 부에노스아이레스로 돌아오는 밤이면 파비앵의 아내는 늘 비행기의 경로를 계산하곤 했다. '지금쯤이면 트렐레우에서 이륙했겠어' 하고는 잠들었다가, 잠시 후에 다시 깨어나 '이제 산안토니오에 접근하고 있겠네. 불빛이 보이겠지…'라고 생각했다. 그러면 자리에서 일어나 커튼을 걷고 밤하늘을 들여다보았다.

'눈이 많이 와서 힘들었겠는걸….'

어떤 날에는 양을 치는 목동처럼 달빛이 함께 밤하늘을 지키는 것 같았다. 그러면 여자는 다시 잠이 들곤 했다. 달과 별, 그리고 파비앵을 둘러싸고 있을 수많은 존재들에 안심하는 것이었다.

새벽 한 시가 되어 가면 남편이 가까워지는 느낌이 들었다.

'멀지 않은 곳에 있는 게 분명해. 부에노스아이레스가 보일 거야….'

그러면 파비앵의 아내는 다시 자리에서 일어나 식사와 따뜻한 커피를 준비했다.

'저 위는 아주 추울 테지….'

여자는 항상 파비앵이 설산을 등반하고 오기라도 한 것처럼 맞이하며 이런 대화를 주고받곤 했다.

"춥지 않았어요?"

"춥기는!"

"그래도 몸 좀 녹여요…."

마침내 한 시 십오 분이 되면 여자는 모든 준비를 마치고 전화를 걸었다. 그날도 여느 때와 마찬가지로 전화를 건 참이었다.

"파비앵은 잘 도착했나요?"

전화를 받은 직원이 잠시 멈칫했다.

"전화 주신 분은 누구시죠?"

"시몬 파비앵이에요."

"아…! 잠시만요."

직원은 감히 아무 말도 할 수가 없어 사무장에게 전화를 넘겼다.

"누구시라고요?"

"시몬 파비앵이요."

"아…! 파비앵 부인, 무슨 일이시죠?"

"남편이 도착했나요?"

설명할 수 없는 침묵이 잠시 흐른 뒤, 짧은 답변이 돌아왔다.

"아니요."

"비행이 지연되었나 봐요?"

"예…."

또다시 침묵이 이어졌다.

"그렇지요, 지연이요…."

"아…!"

여자가 내뱉은 '아…!'는 칼에 찔린 육신이 뱉는 신음이었다. 지연은, 지연은 별일이 아니다…. 그렇지만 지연이 계속되면….

"아… 그럼 언제쯤 도착할까요?"

"언제쯤 도착하냐고요? 저희는… 저희는 모릅니다."

여자는 벽에 부딪힌 기분이었다. 같은 질문을 메아리처럼 반복할 뿐이었다.

"부탁드려요, 제발 알려 주세요! 지금 어디쯤 있는 건가요…?"

"어디냐고요? 잠시 기다리세요."

이 무력감은 여자를 아프게 했다. 벽 너머에서 무슨 일이 일어나고 있는 듯했다. 이내 결연한 목소리가 들려왔다.

"파비앵은 십구 시 삼십 분에 코모도로에서 이륙한 것으로 나옵니다."

"그 뒤로는요?"

"그 뒤요…? 한참 지연됐지요…. 기상 상태가 너무 좋지 않아서요…."

"아! 기상 상태요…."

한가로이 이 도시를 비추고 있는 저 달빛은 얼마나 부당하고 비겁한 것인가! 순간 파비앵의 아내는 코모도로에서 트렐레우까지 겨우 두 시간밖에 걸리지 않는다는 것을 떠올렸다.

"그럼 지금 트렐레우 근처를 여섯 시간째 날고 있다는 건가요? 하지만 연락이 한 번이라도 왔을 텐데요. 뭐라고 하던가요…?"

"뭐라고 했냐고요? 부인, 아시다시피 이런 날씨엔 당연히… 연락도 원활하지가 않습니다."

"이런 날씨요…!"

"저, 그러면 부인, 뭔가 알게 되거든 전화 드리겠습니다."

"아! 아무것도 모르신다는 거군요…."

"그럼 끊겠습니다, 부인."

"아뇨! 안 돼요! 국장님께 연결해 주세요!"

"부인, 국장님은 바쁘십니다. 회의 중이셔서요…."

"상관없어요! 상관없다고요! 제발 연결해 주세요!"

사무장은 땀을 훔쳤다.

"잠시 기다려 주십시오…."

사무장은 국장실 문을 열었다.

"파비앵 부인이 전화를 연결해 달라고 합니다."

리비에르는 생각했다.

'올 것이 왔군. 내가 염려했던 바로 그 일이 벌어졌어.'

연극 무대에 숨겨져 있는 감정적인 요소들이 드디어 모습을 드러내기 시작했다. 리비에르는 모든 감정을 배제하고자 했다. 어머니나 아내들 모두 상황실엔 들어올 수 없다. 위험에 처한 배 위에서도 감정을 숨겨야 하는 법이다. 감정적안 태도는 목숨을 구하는 데 아무런 도움이 되지 못한다. 하지만 그는 이를 받아들 이기로 했다.

"국장실로 연결해 주게."

수화기 너머로 들려오는 가느다랗게 떨리는 목소리를 들은 그 는 곧바로 답을 하는 것이 불가능하겠다는 생각이 들었다. 대립 은 두 사람 모두에게 지극히 무익한 일이었다.

"부인, 제발 진정하십시오! 여기서는 소식을 한참 기다리는 것 쯤은 으레 있는 일로 여깁니다."

그는 이제 특정한 조난 사고의 문제가 아닌, 행동 그 자체가 문 제로 제기되는 경계에 이르렀다. 리비에르의 앞에 놓인 것은 파 비앵의 부인이 아닌, 또 다른 삶의 방향이었다. 리비에르는 이 가 녀린 목소리를 들으며 연민을 느낄 수밖에 없었다. 그것은 너무 도 구슬픈 노랫소리와도 같았다. 하지만 그 어떤 행위나 개인의 행복도 함께할 수는 없는 노릇이었기에 그에게는 그것이 적대적인 노래이기도 했다. 두 사람은 갈등 관계에 놓여 있는 셈이었다. 파비앵의 부인은 절대적인 세상을, 그리고 그곳에서의 권리의 의무를 들어 이야기했다. 또한 저녁 식탁에 놓인 밝은 등불, 자신의 육체를 요구하는 육신, 희망과 자애와 추억을 안겨 주는 모국을 명분으로 내세웠다. 파비앵의 아내는 자신의 소중한 것을 요구했고, 그런 그 여자의 요구는 정당했다. 물론 리비에르의 주장도 정당하지 않았던 것은 아니다. 하지만 그는 그 여자의 주장 중 그 무엇에도 반박할 수가 없었다. 리비에르는 자신의 주장이 시골집의 등불 아래 놓여 있듯 초라한 것이며 말로 표현하기 어려운 비인간적인 것이라는 사실을 알게 됐다.

"부인⋯."

여자의 귀에는 아무 말도 들리지 않는 듯했다. 여자는 마치 눈앞에 놓인 벽을 양손으로 때리고 때리다 바닥에 주저앉아 버린 것 같았다.

언젠가 다리 건설 현장에서 부상자의 상태를 살펴보고 있던 리비에르에게 기술자 한 명이 이런 말을 한 적이 있었다.

"이 다리가 한 사람의 얼굴을 짓눌러 버릴 만큼의 가치를 하는 걸까요?"

이곳의 농부들이야 이 다리 덕분에 길을 덜 돌아갈 수 있게 되겠지만, 그렇다고 해서 그 누구도 한 사람의 얼굴을 끔찍하게 훼손해도 된다고 생각할 리 없었다. 그럼에도 다리는 계속해서 지어지고 있었다. 기술자는 말을 이어 갔다.

"전체의 이익은 개인의 이익들로 만들어지는 거지요. 그것 외에는 아무것도 정당화할 수 없습니다."

잠시 후 리비에르가 그에게 답했다.

"사람의 목숨은 값을 매길 수 없는데도, 우리는 여전히 인간의 목숨보다 더 큰 가치를 지닌 무언가가 있는 것처럼 행동하고 있지 않은가…. 도대체 그것이 무엇이란 말인가?"

리비에르는 비행기에 탄 승무원들을 생각하면서 가슴이 죄는 듯한 통증을 느꼈다. 다리를 건설하는 행동이 그러했듯이 사람의 행동이 사람의 행복을 산산조각 내고 있는 셈이다. 리비에르는 더 이상 스스로에게 '어떤 명분을 들 수 있는지' 물을 수조차 없었다.

그는 생각했다.

'곧 사라지게 될 저들도 어쩌면 행복한 삶을 살 수 있었을지 몰라.'

어느 날 저녁 등불이 비추는 신성한 황금빛을 들여다보았을 얼굴들을 떠올렸다.

'나는 도대체 무슨 명분으로 그들을 저 자리에서 끄집어냈는가?'

도대체 무슨 명분으로 개인의 행복을 빼앗았는가? 제1의 원칙은 그러한 행복을 지켜 주는 것이 아니던가? 그런데 자신 스스로가 행복을 산산조각 낸 것이다. 물론 언젠가는 그 신성한 황금빛도 필연적으로 신기루처럼 사라지고 말 것이다. 노화와 죽음은 리비에르보다도 더 냉혹하게 신성한 황금빛을 무너뜨릴 것이 분명하다. 또한 그것 말고도 지켜 내야 할 다른 행복, 더 오랫동안 지속될 행복이 존재할 수도 있다. 어쩌면 리비에르의 일은 바로 그런 행복을 구해 내기 위한 것이었을지도 모른다. 그렇지 않고서야 그의 행동은 결코 정당화될 수 없을 것이다.

'사랑만이, 오직 사랑하는 것만이 그것을 정당화할 수 있다. 그야말로 막다른 골목이구나!'

리비에르는 사랑하는 것 외에도 더 큰 의무가 있으리라는 막연한 느낌이 들었다. 그 의무 또한 다정함을 필요로 할 테지만 분명 다른 것들과는 또 다른 다정함일 것이었다. 그때 그의 머릿속에 어떤 글귀가 떠올랐다.

'그것들을 영원하게 만드는 것이 중요한 법이다…'

어디서 본 구절이었던가?

'당신이 마음 깊이 추구하는 모든 것은 결국 사라지기 마련이다.'

그는 페루 잉카 제국의 태양신 신전을 떠올렸다. 그러고는 산 높은 곳에 곧게 세워진 그 돌덩이들에 대해 생각했다. 마치 회한이라도 남은 것처럼 당대의 강력했던 문명이 무거운 돌덩이들로 지금의 인류에까지 영향을 미치고 있다. 그런데 만약 돌덩이들이 없었다면 그 문명은 무엇을 남길 수 있었겠는가?

'그 시대의 지도자는 어떤 냉혹함과 또 어떤 기이한 사랑을 명

분으로 내세워 백성들에게 영원을 세울 수 있게 했단 말인가?'

리비에르는 저녁마다 야외 음악당 주위로 모여드는 소도시의 군중들도 떠올렸다.

'이 옥죄는 갑옷도, 그런 종류의 행복인 것이다.'

그는 생각했다. 과거의 지도자들도 각 개인의 고통에 동정을 표하지는 않았을지라도 그들의 죽음에 대해서는 굉장한 연민을 가졌을 것이다. 개인의 죽음에 대한 연민이 아닌, 바닷속의 모래 알처럼 흔적도 없이 사라져 버리고 마는 인간이라는 종種 전체에 대한 연민이었으리라. 그래서 결국에는 모래사막도 집어삼킬 수 없을 만한 돌덩이들을 세우도록 백성들을 이끌었을 것이다.

# XV

두 번 접힌 이 쪽지가 어쩌면 자신을 구해 줄지도 모른다. 파비
앵은 이를 꽉 깨문 채 쪽지를 펼쳤다.

— 부에노스아이레스와 교신 불가능. 무선기기도 불꽃이 튀어 이제
  는 조작이 어렵습니다.

화가 난 파비앵은 곧바로 한마디를 하고 싶었지만 조종간을
잡고 있는 두 손을 살짝 놓기만 해도 강력한 너울 같은 것이 그
의 몸을 파고들었다. 강한 난기류가 오 톤짜리 금속 안에 있는 그
를 들어 올려 뒤흔들었다. 파비앵은 답을 보내는 걸 단념했다.
다시 한번 두 손에 세게 힘을 주자 이내 너울은 잦아들었다.

파비앵은 크게 숨을 내쉬었다. 만약 통신기사가 겁에 질려 무전 안테나를 거둬들인다면 도착하는 대로 얼굴에 주먹을 날릴 생각이었다. 무슨 일이 있어도 부에노스아이레스와 교신해야만 했다. 일단 교신에 성공하면 구렁텅이에 빠져 있는 그들에게 천오백 킬로미터 이상 떨어져 있는 그곳에서 밧줄이라도 던져 줄 것만 같았다. 여기서는 흔들리는 불빛도, 초라한 여인숙의 전등도 보이지 않았다. 아무리 쓸모없는 빛일지라도 그것들은 등대처럼 육지가 있음을 보여 줄 수 있을 것이다. 하지만 그런 빛조차 보이지 않는 이곳에서는 적어도 하나의 목소리, 이제는 더 이상 존재하지 않는 듯한 지상의 세계에서 보낸 단 하나의 목소리가 절실했다. 파비앵은 조종석의 붉은 등 아래로 주먹을 들어 올려 흔들어 보였다. 뒤에 앉은 통신기사에게 지금의 비극적인 진실을 이해시키고 싶었기 때문이었다. 하지만 통신기사는 엉망이 되어 버린 기내에 몸을 기댄 채 창밖을 보며 파묻혀 버린 도시와 사라져 버린 불빛들을 찾느라 그 비극적인 진실을 알아챌 수 없었다.

파비앵은 일단 아무 소리라도 연결만 된다면 그 어떤 지시라도 따를 생각이었다. 그는 생각했다.

'만일 둥글게 회전하라고 하면 둥글게 회전할 것이고, 정남쪽으로 이동하라고 하면 정남쪽으로 이동할 거야….'

커다란 달그림자 아래로 펼쳐진 평온한 지역이 분명 이 세상 어딘가에는 존재할 터였다. 지상에 남아 있는 동료들은 전능한 현자와도 같은 깨우침을 통해 꽃송이처럼 아름다운 불빛의 보호를 받으며 지도를 살펴 그 지역을 찾아낼 것이었다. 하지만 파비앵은 이 강한 난기류와, 산사태처럼 빠른 속도로 그에게 이 검은 급류를 밀어붙이는 밤하늘 외에는 아무것도 아는 게 없었다. 짙은 구름 속에서 소용돌이와 섬광 사이에 갇혀 있는 이 두 젊은이를 포기하지는 않을 것이었다. 그럴 수는 없다. 분명 파비앵에게 이런 지시를 내릴 터였다.

'기수를 이백사십 도 선회하라.'

그러면 파비앵은 곧바로 기수를 돌릴 것이다. 하지만 그는 여전히 혼자였다.

이제는 기계들마저도 그에게 반항하는 것 같은 기분이 들었다. 비행기를 하강하려고 할 때마다 엔진이 너무 심하게 흔들려 마치 비행기 전체가 노여워하며 떠는 듯한 진동에 사로잡히곤 했던 것이다. 파비앵은 비행기를 다스리는 데 온 힘을 쏟아부었다. 그는 머리를 조종석에 고정한 채 수평계만을 쳐다보고 있었는데, 창밖을 보는 것만으로는 더 이상 어디가 하늘이고 어디가 땅인지 분간할 수 없을 정도였기 때문이었다. 그것은 모든 것을 뒤섞어 버리는, 이 세상의 기원과도 같은 어두움이었다. 하지만 수평계의 바늘이 빠르게 흔들리기 시작했고 이제는 식별이 어려워지고 말았다. 제멋대로 움직이는 계기판 속 바늘들 때문에 파비앵은 결국 고도를 잃고 이 어둠 속으로 조금씩 빨려 들어가고 있었다. 그나마 순간적으로 현재 고도가 오백 미터임을 간신히 확인할 수 있었다. 오백 미터면 산의 높이였다. 파비앵은 산봉우리들이 현기증 날 만큼 강한 파도를 일으키며 비행기 주변으로 몰려드는 것만 같은 느낌을 받았다. 가장 작은 땅덩어리조차 그를 짓눌러 버릴 것처럼 고삐 풀린 듯 회전하며 그의 주위를 에워싸는 기분이었다. 기묘한 춤이라도 추듯이 그를 더욱 죄어 오기 시작하는 것 같았다.

파비앵은 결심했다. 충돌할 위험을 감안하고서라도 어디에든 착륙할 생각이었다. 그래도 최소한 언덕에 충돌하는 것만은 피하기 위해 단 하나밖에 없는 조명탄을 터뜨렸다. 조명탄은 빙글빙글 돌며 빛을 내며 아래에 펼쳐진 벌판 같은 것을 비추다가 이내 꺼지고 말았다. 그것은 바다였다.

파비앵은 곧바로 생각했다.

'끝이야. 방향을 사십 도로 교정했는데도 이탈하고 말았군. 돌풍 때문이야. 육지는 어느 쪽이지?'

기수를 정남향으로 돌리며 생각했다.

'이제는 조명탄도 없으니 죽은 목숨이나 다름없군.'

언젠가는 일어날 일이었다. 그는 뒤에 앉은 동료를 떠올렸다.

'안테나를 분명 거둬들였겠지.'

하지만 이제 통신기사에게는 아무것도 바랄 것이 없었다. 만약 자신이 두 손을 놓기만 한다면 그들의 목숨은 곧장 헛된 먼지처럼 사라지고 말 것이었다. 이 손에 자신과 동료의 뛰는 심장이 달려 있는 셈이었다. 거기까지 생각이 미치자 그는 갑자기 두 손에 힘을 주는 것조차 두려워졌다.

급격한 난기류 속에서 운전대의 흔들림을 줄이기 위해 파비앵은 전력을 다해 운전대에 매달리다시피 했다. 그렇게라도 하지 않으면 조종간의 전선들이 뜯겨 나갈 것만 같았기 때문이었다. 너무 힘을 주었더니 손이 마비된 듯 감각이 거의 느껴지지 않는 지경에 이르렀다. 그는 손가락을 움직여 쪽지 하나를 쓰고 싶었지만, 과연 손이 말을 들을지 확신할 수 없었다. 마디마디에 무감각하고 물컹한 막 같은 것이 들러붙어 있는 듯한 느낌이었다. 파비앵은 생각했다.

'손으로 이걸 잡고 있다는 걸 잊어선 안 돼.'

그러나 과연 생각이 손끝까지 전달될지는 알 수 없었다. 이제는 운전대가 요동치고 있어도 팔이 아닌 어깨의 통증만 느껴질 정도였다.

'곧 조종간이 미끄러지겠지. 그럼 손을 좀 펼 수 있겠어….'

순간 이런 생각을 떠올렸다는 것만으로도 두려운 마음이 들었다. 두 손이 상상이 지닌 어두운 힘에 이끌려 천천히 힘을 빼 조종간을 놓아 버릴 것만 같았기 때문이었다.

조금 더 버티면서 운을 시험해 볼 수도 있을 것이다. 숙명이란 것은 외적인 것이 아닌, 내적인 것들을 통해 생겨나기 마련이다.

그래서 스스로를 약하게 여기는 순간이 오면, 수많은 실수들이 현기증처럼 우리를 에워싸는 것이다.

바로 그때 그의 머리 위로 별 몇 개가 반짝였다. 짙은 폭풍우의 작은 틈 사이로 빛을 내는 그 별들은 덫 깊숙한 곳에 놓인 미끼 같았다.

파비앵은 그것이 함정일 거라고 생각했다. 분명 틈 사이로 별 세 개가 보였다. 하지만 저 별을 향해 올라가 버리고 나면 다시는 내려올 수 없게 될 것이었다. 그러면 거기서 별을 붙들고 있는 것 밖에는 할 수 없으리라.

하지만 빛에 대한 갈망이 너무 컸던 파비앵은 마침내 별을 따라 올라가고 말았다.

# XVI

별을 보고 알아낸 지표들 덕분에 파비앵은 비교적 쉽게 난기류를 피하며 고도를 높일 수 있었다. 별의 창백한 자력이 그를 끌어당기는 듯했다. 한참 전부터 빛을 찾아 헤맸던 탓에 저 흐릿한 별빛조차도 포기할 수 없었다. 여인숙의 희미한 등불 같은 빛을 한껏 움켜쥔 그는 이제 그토록 갈망해 왔던 이 반짝이는 신호 주변에서 죽음을 향해 날아갈 것이었다. 그가 빛의 벌판으로 날아오른 것도 그래서였다.

파비앵은 조금씩 나선형으로 날아오르며 아래는 막혀 있고 위는 열려 있는 마치 우물 같은 모습의 하늘 속으로 들어섰다. 고도를 높일수록 구름에 섞인 검은 찌꺼기들은 사라져 갔다. 짙었던 구름이 점점 희게 부서지는 맑은 파도같이 바뀌고 있었다. 그리

111

고 마침내 파비앵은 폭풍우를 빠져나왔다.

놀라움은 극에 달했다. 눈이 부실 정도로 하늘은 청명했고, 덕분에 몇 초간 잠시 눈을 뜨지 못했다. 밤에도 구름이 이렇게 눈부시게 빛날 수 있을 거라고는 생각해 본 적 없었다. 그러나 보름달과 별자리들 덕분에 구름이 파도의 물결처럼 반짝이고 있었다.

폭풍우를 빠져나온 바로 그 순간, 비행기는 곧장 놀라울 정도로 고요함을 되찾았다. 그를 향해 밀려드는 너울도 전부 사라졌다. 파비앵은 둑 앞을 떠다니는 작은 배처럼 고요한 호수에 들어서는 느낌이었다. 평화만이 맴도는 다도해에 들어서듯 여태껏 숨겨져 있던 미지의 하늘 한편으로 들어섰다. 발아래로는 너비가 삼천 미터에 달하는 거대한 폭풍우가 여전히 돌풍과 폭우와 뇌우를 동반하며 또 다른 세계를 이루고 있었지만, 폭풍우 역시 별앞에서는 수정이나 눈꽃처럼 순수한 얼굴일 뿐이었다.

파비앵은 자신이 이 세상의 끝자락에 도달했다고 생각했다. 그도 그럴 것이 모든 것이 환하게 빛나고 있었다. 손도, 옷자락도, 비행기 날개도 모두 반짝였다. 그 빛은 별빛도 아닌, 오로지 그의 발밑과 주변을 에워싸고 있는 하얀 것들로부터 뿜어져 나오고 있었다.

발아래 놓인 구름은 달에서 쏟아지는 눈발을 반사하고 있었다. 좌우의 구름들도 탑처럼 높게 쌓여 있었다. 구름들은 반짝이는 이 우윳빛 하늘 속을 오갔다. 파비앵은 뒤로 돌았다. 통신기사가 활짝 미소 짓고 있었다.

"훨씬 낫네요!"

그가 소리쳤다.

하지만 목소리는 비행기 소음에 묻혀 버렸고, 서로 한껏 미소를 지어 보이며 행복한 표정만을 주고받았다. 파비앵은 생각했다.

'웃음이 나다니, 나도 완전히 미쳐 버렸군. 우린 끝난 목숨이야.'

어쨌든 이로써 그는 암흑과도 같은 밤하늘의 어두운 품에서 벗어났다. 이제 그들을 묶었던 매듭은 풀어졌다. 감옥에 갇혀 있는 죄수를 아름다운 꽃밭에 홀로 풀어 준 것만 같은 느낌이었다.

파비앵은 생각했다.

'너무 아름답군.'

파비앵은 자신과 동료 외에는 그 어떤 생명체도 존재하지 않을 이 세상 속에서 보석처럼 단단하게 뭉쳐져 있는 별들 사이를 비행했다. 그들은 옛날이야기에 등장하는 보물창고에 갇혀 버린 도적들 같았다. 그들 역시 얼음처럼 반짝이는 보석들 틈을 떠다니는 무한한 부를 얻었지만, 한편으로는 사형 선고를 받아 버린 셈이었기 때문이다.

# XVII

파타고니아 노선의 기항지 중 하나인 코모도로리바다비아의 무선통신기사 한 사람이 갑작스레 몸을 움직였다. 그러자 무기력하게 철야 근무를 이어 가고 있던 모든 직원들이 그의 주변으로 모여들어 너도나도 고개를 기울였다.

모두들 그의 앞에서 반짝이는 백지를 바라보고 있었다. 연필을 쥔 통신기사의 손은 아직 무언가를 망설이는 듯했다. 밤하늘에 갇혀 버린 이들이 보내는 메시지를 받아 적으려고 했지만 손가락이 벌써부터 떨리고 있었다.

"폭풍우래요?"

통신기사는 고개를 끄덕여 '그렇다'고 답했다. 잡음이 심해 교신 내용을 파악하기가 어려웠다.

그는 몇 가지 알아보기 힘든 기호들을 써 내려가더니 이내 단어를 그리고 문장을 적기 시작했다.

'폭풍우로 인해 삼천팔백 미터 상공에 고립됨. 해상 쪽으로 편류되어 내륙을 향해 정남향 비행 중. 아래로는 아무것도 보이지 않음. 여전히 해상 위인지도 확인 불가. 폭풍우가 내륙까지 확대됐는지 알려 달라.'

부에노스아이레스의 본부까지는 뇌우가 심한 탓에 여러 교신국을 거쳐 무전 내용을 전달해야 했다. 이 무전은 마치 봉화대에서 봉화대로 불이 옮겨붙듯 밤을 뚫고 앞으로 나아갔다.

그리고 마침내 부에노스아이레스 본부로부터 답신이 돌아왔다.


— 내륙 전반에 돌풍. 남은 연료량은?


— 삼십 분 분량임.


이 무전 역시 철야를 하고 있던 직원들의 손을 거쳐 또다시 본부를 향해 날아갔다.

파타고니아선의 승무원들은 이제 삼십 분 안에 그들을 지상으로 내동댕이칠 돌풍 속으로 몸을 던져야 하는 운명에 처했다.

# XVIII

리비에르는 생각에 잠겨 있었다. 이제는 일말의 희망도 남지 않았다. 승무원들은 밤하늘의 어딘가에서 침몰하고 말 것이었다.

리비에르는 어린 시절 보았던 충격적인 한 장면을 떠올렸다. 시신 한 구를 찾기 위해 연못의 물을 퍼내고 있는 모습이었다. 하늘을 채운 어둠이 땅 위로 전부 흘러내리기 전까지는, 저 모래사장과 들판과 밀밭들이 다시 햇빛 아래 드러나게 되기 전까지는 아무것도 발견할 수 없으리라. 동이 튼 뒤에는 어쩌면 순박한 시골 농부들이 평온한 계곡의 황금빛 들녘이나 풀밭 한편에서 팔을 괴고 누워 잠들어 있는 듯한 두 젊은이를 발견하게 될지도 모른다. 하지만 아직은 밤이 그들을 가리고 있었다.

리비에르는 바다 깊숙한 곳에 묻어 둔 전설 속의 보물처럼 밤의 심연에 숨겨져 있는 것들에 대해 생각했다…. 아직은 쓸모없는 꽃들을 피워 놓고 아침을 기다리고 있는 과일나무와 고요하게 잠든 양떼와 아직 색이 없는 꽃들이 향기로운 밤을 가득 채우고 있었다.

이제 비옥한 밭고랑, 촉촉이 젖은 숲, 그리고 싱그러운 야생화들이 조금씩 아침을 향해 고개를 들어 올릴 것이다. 그리고 두 젊은이는 이제 위험이라곤 없는 언덕들과 평원과 양떼 사이로 보이는 온순한 이 세상 속에서 잠에 빠진 듯한 모습을 하고 있으리라. 이제 눈에 보이는 이 세상에서 저 세상으로 무언가가 흘러갈 것이다.

리비에르는 파비앵의 아내가 염려 많고 다정한 사람이라는 걸 알고 있었다. 하지만 여자가 품었던 사랑도 마치 가난한 아이에게 장난감을 빌려 안겨 주듯 잠시 어디서 빌린 것에 지나지 않았다.

리비에르는 파비앵의 손을 떠올렸다. 그의 손은 운명이 달린 조종간을 한참 동안 붙들고 있었다. 그 손은 상대를 어루만지던, 신성한 손처럼 가슴에 얹고 동요를 일으키던, 얼굴을 쓰다듬어 표정 변화를 불러일으키던 손이었다. 그것은 실로 기적과도 같은 손이었다.

파비앵은 구름으로 이루어진 웅장한 바다 같은 밤하늘 위를 떠돌고 있었다. 하지만 그의 발아래에는 영원의 세계가 놓였다.

그는 홀로 머물던 별자리들 사이에서 길을 잃고 말았다. 그는 여전히 이 세상을 움켜쥔 채 가슴에 대고 균형을 유지하고 있었다. 핸들에는 인간적인 풍요의 무게가 실려 있었고, 이제 절망적인 심정으로 결국 돌려줘야 할 쓸모없는 보물들을 가지고 이 별에서 저 별을 떠돌고 있었다.

리비에르는 저 많은 교신국 중 어디 한 곳에서만큼은 그의 목소리를 포착할 수 있으리라고 기대했다. 이제 이 세상과 파비앵을 연결해 주는 유일한 것은 단조의 음파뿐이다. 여기에는 탄식도 비명도 존재하지 않는다. 절망이 빚어낸 가장 순수한 소리만이 남아 있었다.

# XIX

로비노가 리비에르의 고독을 깨뜨렸다.

"국장님, 제 생각에는…. 한번 이렇게 해 보면….'"

사실 그에게는 제안할 수 있는 것이 아무것도 없었다. 하지만 곧잘 이런 식으로 자신의 성의를 드러내 보였다. 로비노는 수수께끼를 풀듯이 언제나 해답을 찾는 것을 즐겼다. 언제든지 해답을 제시하고 싶어 했지만 리비에르는 한 번도 그런 말을 들어준 적이 없었다.

"이보게, 로비노. 인생에는 해답이 없다네. 다만 앞으로 나아가는 힘을 만들어 내기만 하면 해답은 뒤따라오기 마련이라네."

그래서 로비노는 정비사 모임에 들어가 오로지 추진력을 자아내는 것으로 자신의 역할을 한정시켰다. 프로펠러 회전축에 녹이

슬지 않도록 하는 데에도 그런 소박한 추진력이 필요했다.

　그러나 오늘 일어난 일들 앞에서 로비노는 무력감을 느꼈다. 감독관이라는 직책은 폭풍우는 물론 그로 인해 유령 신세가 되어 버린 승무원들에게 아무런 힘도 되지 못했다. 그들은 이제 정근 수당에도 관심이 없었다. 그저 로비노가 내리는 모든 징계를 무효화할 만큼 강력하고 유일한 징계인 죽음으로부터 벗어나기 위해 끊임없이 고군분투 중이었던 것이다.

　무기력해진 로비노는 하릴없이 사무실들을 서성이고 있었다.


　파비앵의 아내가 본부에 도착했다. 걱정 끝에 집을 나와 사무실로 향하면서 리비에르가 자신을 만나 주기를 기대했다. 직원들은 몰래 눈을 들어 그 여자의 얼굴을 살폈다. 창피해진 여자는 불안한 표정으로 주변을 돌아보고 있었다. 그 무엇도 여자를 달가워하지 않았다. 직원들은 시신이 있어도 놀라지 않을 듯 계속 일을 했고, 서류에는 인간의 생명과 고통이 딱딱한 숫자들로 표기되어 있었다. 여자는 파비앵에 대한 정보가 적혀 있지는 않은지 곳곳을 두리번대고 있었다. 집에는 이불이 젖혀져 있는 침대나 준비된 커피와 꽃 한 다발처럼 파비앵의 부재를 드러내는 것들이 가득했다. 하지만 여기는 달랐다. 파비앵과 관련된 그 어떤 표식도 찾아볼 수 없었다. 이곳에는 연민이나 애정이나 추억 같은 것들이 없는 듯했다. 게다가 여자가 온 뒤로 아무도 목소리를 높이지 않고 있었던 탓에 귀에 들린 유일한 문장이라고는 한 직원이 뱉은 욕 섞인 말뿐이었다.

"발전기 명세서 말이야! 망할! 산투스로 보낸 명세서 어디 있냐고!"

여자는 놀란 눈을 들어 그 직원을 바라보고는 이내 지도가 걸려 있는 벽으로 시선을 옮겼다. 여자의 입술이 파르르 떨렸다.

여자는 자신이 이곳에 있는 것이 흉측한 진실을 드러내는 것임을 깨닫고는 여기 온 것을 거의 후회하고 있었다. 어딘가에 몸을 숨기고 싶은 심정이었다. 사람들의 눈에 너무 띌까 봐 기침이나 눈물이 나는 것도 꾹 참았다. 여자는 자신이 마치 벌거벗기라도 한 것처럼 무례하고 낯선 존재임을 알아차렸다. 그러나 여자가 드러내는 진실은 너무나 강력한 것이어서 몰래 여자를 바라보았던 사람들은 또다시 시선을 들어 그 얼굴 속에 숨어 있는 진실을 읽어 보려고 했다. 여자는 매우 아름다웠다. 사람들은 여자를 보며 행복으로 가득한 신성한 세계를 떠올렸다. 여자는 또한 사람이 자기도 모르게 얼마나 엄숙한 태도를 지니고 행동할 수 있는지를 보여 주는 존재였다. 결국 쏟아지는 시선을 견디지 못한 여자는 끝내 두 눈을 감아 버리고 말았다. 여자는 사람이 자기도 모르게 평화를 얼마나 무너뜨릴 수 있는지 보여 주는 존재이기도 했던 것이다.

리비에르는 파비앵의 아내를 국장실로 맞이했다.

여자는 집에 준비된 꽃과 커피와 집으로 돌아와야 할 한 젊은 이의 육신을 조심스레 요구하러 온 것이었다. 한층 더 냉랭해진 이 사무실 안에서 여자의 입술은 또다시 파르르 떨렸다. 그러고는 이처럼 자신이 품고 있는 고유한 진실이 다른 세계에서는 표현조차 할 수 없는 것이 된다는 사실을 알게 됐다. 여자에게 정열에 가까운 맹렬한 사랑과 헌신을 하게 만들었던 모든 이유가 이곳에서는 그저 성가시고 이기적인 모습을 띠는 듯했다. 여자는 달아나고 싶어졌다.

"제가 방해되시죠…."

"부인, 방해라니요. 다만 불행스럽게도 저희 모두 더 기다리는 것 외에는 할 수 있는 것이 없군요."

여자의 어깨가 살짝 들썩였다. 리비에르는 그 뜻을 알 것만 같았다.

'집에 놓여 있는 등불과 저녁 식탁과 꽃들이 무슨 쓸모가 있겠어요….'

언젠가 젊은 부인이 이런 마음을 털어놓은 적이 있었다.

"저는 아직도 제 아이가 죽었다는 사실이 받아들여지지 않아요. 정말 소소한 것들 때문에 더욱 마음이 아파지곤 해요. 죽은 아이의 옷가지들을 볼 때, 이제는 쓸모 없어져 버린 제 모유처럼 덧없는 사랑이 밤새 제 마음 안에 차오르는 것이 느껴질 때…."

파비앵의 부인도 내일이 되면 무의미해질 모든 행동과 물건들

속에서 남편의 죽음을 체감하기 시작할 것이다. 파비앵은 그렇게 서서히 집을 떠나갈 것이다. 리비에르는 마음속 깊이 연민이 생겨났지만 말로 표현하지는 않았다.

"부인…."

여자는 희미한 미소를 지어 보이고는 그 미소가 지닌 힘은 알지 못한 채 자리를 떴다.

리비에르는 무거워진 몸을 이끌어 자리에 앉았다.

'그래도 그 덕분에 내가 찾던 그것을 발견할 수 있게 됐군….'

그는 북쪽 기항지들에서 온 무전 내용을 살피며 생각에 잠겼다.

'우리는 영원을 바라는 것이 아니야. 그저 행동이나 사물들이 한순간에 의미를 잃는 모습을 보지 않기를 바랄 뿐이지. 그런 모습은 우리 주위를 둘러싸고 있는 공허함을 드러내고 말기 때문이야….'

그는 다시 전보 내용들로 시선을 옮겼다.

'이곳에서의 죽음은 바로 이 전보에서부터 드러나지. 더 이상 의미 없는 글자들이 되어 버리니 말이야….'

그는 로비노를 쳐다보았다. 이제 쓸모가 사라져 버린 이 초라한 인간도 의미를 잃어버리고 있다. 리비에르는 그에게 매몰차게 말했다.

"할 일을 내가 일일이 지시해 줘야 하나?"

사무실 문을 연 리비에르의 눈에 파비앵의 실종을 확실하게 해 주는 표시가 보였다. 파비앵 부인은 알아볼 수 없었으리라. 벽에 붙은 게시판에 파비앵이 조종하던 비행기 R.B.903이 어느덧 운행 불가 기재로 분류되어 있었던 것이다. 유럽선 우편기의 서류를 준비하던 직원들은 출발이 지연될 것이라 생각하고 대강대강 일하고 있는 중이었다. 비행장에서는 목적을 잃고 그저 철야 근무만 이어 가고 있는 직원들에게 어떤 지시를 내려야 할지 묻는 전화가 왔다. 삶의 속도가 늘어지고 있었다. 리비에르는 생각했다.

'보라, 이것이 바로 죽음이다!'

그는 자신의 일이 마치 바람 없는 바다 위를 떠도는 고장 난 범선과 닮아 있다는 생각이 들었다.


그때 로비노의 목소리가 들려왔다.

"국장님… 저들은 결혼한 지 육 주밖에 되지 않았습니다…."

"가서 일이나 하게."

리비에르는 사무실 직원들을 물끄러미 쳐다보다가, 문득 그 너머로 보이는 인부, 정비사, 조종사 등을 새삼스레 바라봤다. 그들은 모두 건설자의 신념을 가지고 그의 일을 돕고 있었다. 그는 숨겨진 섬에 대한 이야기를 듣고 힘을 모아 배를 만들던 과거의 사람들을 생각했다. 그들은 희망을 실어 보내려고, 그리고 그 배가 바다에서 돛을 펼치는 걸 보며 희망을 확인하려고 배를 만들었을 것이다. 그들은 이 배 덕분에 굴레에서 벗어나 자유롭게 성장할 수 있었으리라.

'어쩌면 목적은 아무것도 정당화해 줄 수 없을지도 모르지. 하지만 행동으로서 죽음에서 해방될 수는 있어. 그들도 배를 만들며 삶을 이어 갈 수 있었던 거야.'

리비에르는 전보들에는 의미를 찾아 주고, 밤새 일하는 직원들에게는 염려를, 조종사들에게는 극적인 목표를 안겨 주고서 마침내 그들과 함께 죽음에 맞서 싸울 것이었다. 바다 위의 범선이 바람에 이끌려 미끄러져 가듯 삶이 이 일을 이끌어 가기 시작할 때, 비로소 죽음에 맞서 싸울 수 있게 되는 것이다.

# XX

코모도로리바다비아에서도 이제는 아무런 무전도 들리지 않았다. 그런데 그로부터 이십 분 뒤, 약 천 킬로미터 떨어진 바이아블랑카에서 두 번째 무전이 수신됐다.

— 하강한다. 구름 속으로 진입 중.

곧이어 이번에는 트렐레우에서 불명확한 두 단어만이 수신됐다.

— 아무것도 보이지….

단파 무전은 늘 이랬다. 전파가 잘 잡혀도 소리가 잘 들리지 않기 일쑤였다. 그런 다음으로는 별 이유 없이 모든 것이 바뀌었다. 어디에 있는지 알 수 없는 이 비행기의 탑승자들은 살아 있는 사람들의 눈으로 볼 때 이미 시간과 공간을 벗어나 있는 것으로 여겨졌다. 하얀 종이 위에 유령이 보낸 무전 내용들을 받아 적고 있는 셈이었다.

연료가 다 된 걸까? 아니면 비행기가 완전히 정지하기 전에 최후의 시도로 지상 착륙을 시도해 본 걸까?

부에노스아이레스의 본부에서 트렐레우로 지시가 내려졌다.

— 조종사에게 확인하라.

교신국은 연구실 같은 모습이었다. 니켈과 구리, 압력계, 절연선 등이 즐비했다. 흰 작업복을 입은 채 밤을 지새우고 있는 통신 기사들의 모습은 과학자들 같았고, 그들은 여러 실험 결과를 확인하려는 사람들처럼 몸을 숙이고 있었다.

그들은 섬세한 손놀림으로 기계들을 조작했다. 마치 금광을 찾는 수맥탐사가처럼 무선 신호로 가득한 하늘 속을 탐색했다.

"대답이 없나?"

"답이 없네요."

어쩌면 생존 신호가 되어 줄 무전 한 가닥을 포착하게 될 수 있을지도 모른다. 만약 비행기 위치등이 여전히 별들 사이에서 빛나고 있다면, 별이 되어 버린 그들의 노랫소리를 듣게 될 수도 있다….

시간은 속절없이 흘러갔다. 매초마다 핏방울이 흐르는 것 같았다. 아직도 비행 중일까? 시간이 흐를수록 기회는 점점 줄어들었다. 시간의 흐름은 파괴적이다. 마치 20세기라는 긴 세월 동안 사원의 벽돌마다 골이 생기고 조금씩 먼지가 되어 버린 것처럼, 매초마다 응축된 세월이 흐르며 승무원들을 목숨을 위협하는 듯했다.

이렇게 시간이 흐를 때마다 무언가는 계속 사라지고 있었다.

파비앵의 목소리와 그의 너털웃음과 미소가 흘러가고 있었다. 사무실 안에는 정적만이 감돌았다. 정적은 점점 더 묵직해지더니 바다처럼 이들의 머리 위에 자리 잡았다.

그때 누군가 입을 열었다.

"한 시 사십 분이군. 남은 연료의 한계 시간이 끝났어. 더 이상 비행하는 건 불가능해."

이내 사무실은 고요해졌다.

여행의 마지막 순간처럼 쓸쓸하고 답답한 무언가가 모두의 입가에 떠올랐다. 무엇인가 끝을 맺었는데 그게 무엇인지는 아무도 알지 못했다. 약간은 메스꺼운 기분까지 들었다. 잠시 후 니켈과 구리선이 가득한 이곳에 폐허가 된 공장을 가득 채우고 있는 듯한 비통함이 몰려들었다. 모든 설비들이 그저 무겁고 쓸모없는 쓰레기로 보일 뿐이었다. 시들어 떨어진 나뭇가지의 무게가 무겁게 느껴졌다.

이제는 동이 트기를 기다리는 수밖에 없었다.

몇 시간 뒤면 아르헨티나 전역에 아침이 찾아올 것이다. 이 사람들은 모두 지금 자리에 그대로 서 있을 것이다. 그들은 모래사장에 서서 무엇이 걸려 있는지도 알지 못한 채 그저 천천히 끌어올려지는 그물을 물끄러미 쳐다보는 사람들처럼 머물러 있을 터였다.


국장실 의자에 앉아 있던 리비에르는 거대한 재앙이 지나고서야 허락되는, 운명이 인간에게 안겨 주는 정신적인 이완을 느끼고 있었다. 그는 경찰에 연락해 실종 신고를 해 두었다. 이제는 그저 기다리는 것 말고는 할 수 있는 일이 없었다.

하지만 초상집에서도 명령은 내려져야 하는 법이다. 리비에르는 로비노에게 손짓했다.

"북쪽 기항지들에 전보를 보내게. '파타고니아선 우편기의 심각한 지연이 예상됨. 유럽행 우편기의 이륙 지연을 최소화하기 위해 파타고니아선 우편기는 다음 유럽행 우편기와 연계하겠음.'"

그리고는 몸을 앞으로 숙여 무언가를 떠올리려고 애를 썼다. 중요한 사항이었는데 기억이 나질 않았다. 그러던 그때 불현듯 기억이 돌아왔다. 또다시 기억에서 사라지기 전에 빨리 말해야 했다.

"로비노!"

"네, 국장님."

"서류 하나만 작성해 오게. 조종사들에게 엔진 회전수를 최대 1,900으로 제한하겠다고 적게. 엔진이 너무 혹사당하는 듯하더군."

"알겠습니다, 국장님."

리비에르는 몸을 더 숙였다. 지금 필요한 것은 고독이었다.

"그래, 이 친구야. 이제 나가 보게나."

로비노는 암흑 같은 상황 속에서도 그저 한결같기만 한 그의 태도에 몸서리가 쳐졌다.

# XXI

　로비노는 우울한 기분으로 사무실 안을 서성거렸다. 회사의 호흡은 멈춰 버렸다. 두 시로 예정되어 있었던 유럽선 우편기 이륙도 취소될 것이고, 비행기는 아침이 될 때까지 그대로 움직이지 않을 것이었다. 직원들은 굳은 표정으로 여전히 철야 근무를 하고 있었지만, 그 철야는 이제 무엇을 위한 것도 아니었다. 여전히 북쪽 기항지들은 주기적으로 전보를 보내오고 있었다. 그들이 보내오는 '하늘 맑음', '보름달', '바람 없음' 같은 것들은 폐허가 되어 버린 고성의 풍경을 떠오르게 했다. 그것은 마치 달빛과 돌덩이들만이 가득한 사막이었다. 별다른 이유도 없이 사무장이 작성해 놓은 서류를 훑어보기 시작하던 로비노는 맞은편에서 사무장이 매우 불손한 표정으로 서류를 돌려받으려고 기다리고 있다는 걸 알아차렸다. 그의 얼굴은 '뭘 찾으시려고요? 그건 제 겁니다만⋯'이라고 말하려는 것 같았다. 부하 직원답지 않은 그의 태도에 로비노는 화가 났지만 아무런 말도 하지 못한 채 불쾌한 표정으로 서류를 건네줄 수밖에 없었다. 서류를 돌려받은 사무장은 고상한 몸짓으로 자리로 돌아가 앉았다. 로비노는 생각했다.

'저자를 내보냈어야 하는 건데.'

그러고는 다시 오늘의 비극에 대한 생각에 잠긴 채 짐짓 몇 걸음을 옮겨 보았다. 오늘 일어난 일은 회사 정책 자체에도 불명예가 될 것이었다. 로비노는 두 배로 슬퍼졌다.

그는 저 국장실 안에 틀어박혀 있는 리비에르의 모습을 떠올렸다. 리비에르는 자신을 '이 친구'라고 불러 주는 사람이었다. 그가 이렇게까지 지지를 잃었던 적이 없다는 데까지 생각이 미치자 로비노는 극심한 연민을 느꼈다. 로비노는 머리를 굴려 안타까움을 표하고 마음을 위로해 줄 막연한 문장 몇 가지를 찾아보았다. 내심 뿌듯한 감정이 차오르기 시작했다. 국장실로 가 문을 조심스레 두드렸다. 아무런 답이 없었다. 주변이 워낙 조용했던 탓에 더 세게 문을 두드릴 수는 없어 살짝 문을 열고 들어갔다. 리비에르는 자리에 앉아 있었다. 로비노가 거침없이 국장실 문을 열고 들어간 것은 처음 있는 일이었는데, 그 앞에 앉아 있는 리비에르가 오랜 친구처럼 느껴졌다. 스스로가 쏟아지는 총탄 속에서 부상 입은 장군을 모시는 부사관처럼 느껴지기도 했다. 혼란스러운 전장에서 장군 곁을 떠나지 않은 채 함께 망명을 택하는 전우가 된 것이다. 로비노는 '무슨 일이 있어도 곁을 지키겠습니다'라고 말하고 싶은 것 같기도 했다.

리비에르는 입을 다물고 고개를 숙인 채 자신의 양손을 바라보고 있었다. 로비노는 그 앞에서 감히 아무 말도 꺼낼 수가 없었다. 힘을 잃은 늙은 사자라도 언제든 상대를 주눅 들게 할 수 있는 법이었다. 로비노는 스스로의 선의에 취해 몇 가지 말을 준비했지만, 말을 꺼내려고 고개를 들자 리비에르의 살짝 기울어 있는 고개와 회색빛 머리카락, 고통으로 굳게 다문 입술이 눈에 들어왔다. 그는 마침내 마음을 먹고 입을 뗐다.

"국장님…."

리비에르는 고개를 들어 로비노를 바라보았다. 리비에르는 길고 먼 공상 속에서 빠져나온 듯했다. 너무 깊은 공상이었던 탓에 아직 로비노의 존재를 알아채지 못한 것 같기도 했다. 무슨 생각을 하고 있었는지, 어떤 기분인지, 마음속에서 어떤 슬픔이 밀려오고 있는지 알 길이 없었다. 리비에르는 로비노를 한참 동안, 마치 어떤 일의 산증인을 바라보기라도 하듯 한참 쳐다보았다. 로비노는 거북한 기분이 들었다. 리비에르가 자신을 쳐다보면 쳐다볼수록 그의 입가에는 이해하기 힘든 조롱기가 번져 갔다. 그럴수록 로비노의 얼굴은 점차 붉어졌고, 그런 로비노를 볼수록 리비에르는 그가 감정적이고 충동적인 선의를 가지고 인간의 어리

석음을 몸소 증명하러 온 것 같은 느낌이 들었다.

순간적인 혼란이 로비노를 덮쳤다. 부사관도, 장군도, 총탄도 아니었다. 설명하기 어려운 복잡한 감정이 지나갔다. 리비에르는 여전히 그를 쳐다보고 있었고, 로비노는 주머니에 넣었던 왼손을 꺼내며 자세를 고쳐 섰다. 리비에르가 자신을 뚫어져라 쳐다보자 마침내 로비노는 왠지 모를 거북함을 느끼며 말을 꺼냈다.

"지시를 받으러 왔습니다."

리비에르는 시계를 보고 말했다.

"두 시군. 파라과이선 우편기가 두 시 십 분에 착륙한다고 했어. 두 시 십오 분에 유럽행 우편기를 출발시키게."

국장실에서 나온 로비노는 야간 비행이 멈추지 않았다는 놀라운 소식을 전했다. 그러고는 사무장에게 이렇게 말했다.

"검토를 해야 할 것 같으니 그 서류를 다시 가져오게."

사무장이 서류를 가지고 그에게 오자 이번에는 이렇게 말해 보았다.

"거기서 대기하게."

그러자 사무장은 그 자리에서 기다렸다.

# XXII

파라과이선 우편기가 착륙 신호를 보내왔다. 리비에르는 여전히 고통스러운 시간을 보내고 있었지만 무전 내용들을 확인하며 내심 만족스러운 걸음을 내디뎠다. 그에게 있어 이번 우편기는 혼란 중에 신념을 지킬 수 있게 해 주는 설욕의 기회이자 증거였다. 무전 내용으로 보건대 이번 비행이 만족스러웠다면 수많은 다른 비행들도 분명 만족스러울 것이었다.

'밤새 돌풍은 없었군.' 리비에르는 생각했다. '일단 누군가 길을 내기만 한다면 그 길을 따를 수밖에 없는 법이야.'

꽃이 가득한 아름다운 정원과 나지막한 집들과 여유롭게 흐르는 개울을 지나듯 기항지들을 거쳐 아르헨티나 상공에 도달한 파라과이선 우편기는 이제 하강을 준비하고 있었다. 이 비행기는 돌풍으로부터 멀리 떨어져 있었던 덕분에 바람에 흔들리는 별 하나도 보지 못한 채 순풍을 타고 날아왔다. 비행기에 오른 탑승객 아홉 명은 얇은 모포를 덮고 보석으로 가득한 진열창을 바라보듯 창문에 머리를 대고 바깥을 내다보고 있었다. 아르헨티나의 소도시들이 밤하늘 속에서 금빛으로 반짝이기 시작했고, 그 위로는 더욱 희게 빛나는 별들이 나름의 도시를 이루었다. 선두에 자리한 조종사는 인간의 생명이라는 귀중한 짐을 양손 가득 쥐고 있었다. 염소지기처럼 크게 뜬 그의 두 눈에는 달빛이 가득했다. 부에노스아이레스의 지평선에는 벌써부터 불그스레한 빛이 차오르고 있었고, 이제 곧 그 안의 바위들도 신화 속의 보석들처럼 빛날 것이었다. 통신기사는 마지막 무전을 보냈다. 무선기기를 만지는 그의 손놀림은 마치 하늘에 새겨 놓은 유일한 소나타의 마지막 구절을 연주하는 듯했다. 리비에르라면 그 연주를 이해할 터였다. 통신기사는 안테나를 거둬들이고는 기지개를 폈다. 그는 짧은 하품과 함께 미소를 지어 보였다. 도착이다.

착륙을 마친 조종사는 유럽선 우편기의 조종사를 발견했다. 그는 양손을 주머니에 넣은 채 비행기에 등을 기대어 서 있었다.

"연결편 담당이 자네인가?"

"그렇지."

"파타고니아선은? 도착했나?"

"기다리지 않기로 했네. 실종됐어. 날씨는 어땠나?"

"좋았지. 파비앵이 실종됐다고?"

그들은 말을 아꼈다. 위대한 전우애에는 많은 말이 필요하지 않은 법이었다.

파라과이에서 온 우편 화물들이 유럽선 비행기로 옮겨 실렸다. 조종석에 앉은 조종사는 여전히 미동도 없이 고개를 젖혀 하늘의 별들을 바라보았다. 그러자 마음 깊숙한 곳에서 어떤 거대한 힘이 생겨나는 듯한 기분이 들었다. 그것은 강렬한 기쁨이었다.

"다 실었나? 출발하지!"

목소리가 들려왔다.

조종사는 움직임 없이 앉아 있었다. 이내 비행기 엔진에 시동이 걸렸다. 그는 조종석에 기댄 양어깨로 비행기가 살아 숨 쉬는 것을 느꼈다. 이제야 안심이 되었다. 출발, 결항, 출발…. 계속해서 잘못된 소식이 들려와 지쳐 가던 참에 마침내 출발이 결정된 것이다. 살짝 벌어진 그의 입 안으로 보이는 치아가 마치 맹수의 이빨처럼 달빛 아래 번쩍이고 있었다.

"이봐, 밤이니까 조심하라고!"

동료의 조언은 들리지 않았다. 그는 양손을 주머니에 넣은 채 머리를 젖혀 구름과 산과 강과 바다를 바라보았다. 그러고는 조용히 미소를 지어 보였다. 그 미소는 잔잔했지만 나무에 부는 산들바람처럼 그의 온몸을 흔들었다. 그것은 저 구름과 산과 강과 바다보다 더 강한 미소였다.

"무슨 일 있었나?"

"저 멍청한 리비에르가 내가 겁을 냈다고… 겁먹었다고 생각하지 뭐야!"

# XXIII

이제 일 분 뒤면 유럽행 우편기가 부에노스아이레스 상공을 날아갈 예정이다. 외로운 싸움을 이어 가기로 결심한 리비에르는 그 소리를 직접 듣고 싶어졌다. 마치 별들 사이를 전진하는 군대의 발소리처럼 굉음을 내며 날아가는 그 소리를 듣고 싶었던 것이다.

리비에르는 팔짱을 낀 채 사무실 안을 서성거렸다. 그는 생각에 잠긴 채 유리창 앞에 서서 귀를 세웠다.

만약 자신이 단 한 번이라도 이륙을 중지시켰다면 야간 비행 전체의 명분이 사라지고 말았을 것이다. 이에 리비에르는 다음 날이면 비난으로 돌아올지 모를 문제들을 제쳐 두고 또 한 대의 비행기를 밤하늘로 쏘아 올렸다.

승리, 패배…. 이제 이런 단어들은 아무런 의미가 없다. 승리와 패배라는 피상 아래에는 삶이 존재하고, 삶은 벌써부터 또 다른 피상을 준비하고 있다. 승리는 우리를 약하게 만들지만 패배는 우리를 일깨우는 법이다. 리비에르가 겪어야 했던 오늘의 이 패배는 어쩌면 진정한 승리에 다가갈 수 있게 해 줄 하나의 약속과도 같은 것일지도 모른다. 중요한 것은 오로지 앞으로 나아가는 것뿐이다.

오 분이 지나면 교신국에서는 각 기항지에 경보를 보낼 것이다. 그리고 만오천 킬로미터에 걸쳐 살아 숨 쉬는 삶의 가벼운 떨림들이 모든 문제를 해결해 주리라.

비행기는 벌써 오르간 선율을 그리며 날아오르고 있다.

리비에르는 그의 결연한 눈빛에 순종할 직원들 틈을 지나 느린 걸음으로 자리로 돌아갔다. 위대한 리비에르, 승리자 리비에르는 묵직한 승리를 짊어졌다.

《야간 비행》,
날개를 잃고 추락한
이카로스를 위하여

# 《야간 비행》,
## 날개를 잃고 추락한 이카로스를 위하여

변광배(전 한국외국어대학교 교수)


### 이카로스의 불가능한 꿈: 하늘의 탈영토화

'나는 인간Homo volans'이 되는 것, 이것은 인간의 오랜 꿈이었다. 하지만 이 꿈은 오랫동안 인간에게 불가능한 것으로 남아 있었다. 인간은 태생적으로 공중에 오래 머물 수 없다. 중력을 거스를 수 없기 때문이다. 공중 부양이 가능한 새나 말, 특수한 신발이나 전차 등을 이용해 하늘을 나는 것은 온전히 신들의 몫이었다. 한 철학자의 표현을 빌자면, 신들만이 하늘에 자신들의 욕망을 투사하고 기입하면서 그곳을 '매끄러운 공간'에서 '홈패인 공간'으로 만들 수 있었다. 신들만이 하늘을 '코드화'하고 '영토화'할 수 있었던 것이다.

하지만 인간은 지성을 지닌 존재Homo sapiens이자, 도구를 제작할 수 있는 존재Homo faber이기도 하다. 이런 자격으로 인간은 하늘을 신들만 노니는 공간으로 놔두지 않는다. 인간은 입장이 금지된 하늘을 자신의 공간으로 만들고자 부단한 노력을 경주한다. 위에서 언급한 철학자의 표현을 다시 한번 빌자면, 인간은 하늘에 대한 '탈코드화', '탈영토화' 작업, 곧 하늘로의 '탈주선'을 긋고자 하는 길고 긴 '노마드적' 여정에 오른 것이다. 그 여정이 얼마나 험준한 것이 될지는 전혀 내다보지 못한 채로 말이다.

그리스 신화는 하늘을 날고자 하는 인간의 열망을 이카로스를 통해 보여 준다. 이카로스는 대장장이였던 아버지 다이달로스의 도움으로 밀랍으로 붙인 날개를 달고 하늘을 날고자 했다. 하지만 이카로스는 너무 높은 곳까지 날고자 하는 무모한 욕심으로 인해 결국 날개를 잃고 추락하고 만다. 그렇다고 이카로스의 실패로 인해 하늘을 탈코드화하고 탈영토화하고자 하는 인간의 의지가 완전히 꺾인 것은 결코 아니었다. 그 반대였다. 하늘을 자유롭게 날고자 했던 인간의 오랜 꿈은 레오나르도 다빈치를 거쳐 1903년에 라이트 형제의 동력에 의한 첫 비행의 성공으로 마침내 실현되기에 이른다.

### 생텍쥐페리: 비행으로 수놓아진 삶

이렇듯 신들만이 노닐 수 있었던 공간에 진입하기까지 인간이 보여 준 불굴의 용기와 의지, 거기에 따른 좌절, 절망, 희생 등은 종종 작가들을 매료시켰다. 《어린 왕자》(1943)에서 풍선을 타고 날아온 '어린 왕자'를 탄생시켜 세계적인 명성을 얻은 앙투안 드 생텍쥐페리Antoine de Saint-Exupéry도 그중 한 명이다. 그의 삶은 온통 '비행飛行'으로 점철되어 있다. 한마디로 그에게 있어서 비행과 관련된 모든 것은 '운명'이었다고 해도 과언이 아닐 성싶다.

생텍쥐페리가 1900년에 태어난 것조차 예사롭지 않다. 비행과의 관계를 헤아려 본다면 이 해는 유의미하다. 라이트 형제의 첫 비행이 1903년에 이루어진 사실을 고려하면, 생텍쥐페리의 삶은 비행기의 출현과 '거의 함께' 시작된 셈이다. 또한 그는 2차 세계대전이 한창이던 1944년에 정찰 비행을 하다 독일군의 공격에 의해 실종되었다. 이렇듯 그의 삶은 비행과 비행기와 떼려야 뗄 수 없는 관계 속에서 영위되었다.

또한 생텍쥐페리의 삶은 우연한 사건을 계기로 이른바 '비행 문학' 쪽으로 선회하게 된다. 그는 어렸을 때 비행에 남다른 관심을 보였다. 이런 관심 속에 그는 공원에서 자전거에 천을 달아 비행을 시도하기도 했다. 열두 살에는 처음으로 비행기를 타는 기회를 가졌다. 그는 그때의 황홀했던 체험을 시詩로 형상화시켜 칭찬을 받았다. 이 사건은 그의 삶을 '비행'과 '문학'을 접목시키고자 하는 중요한 변곡점이 되었다. 그 뒤로 그에게 있어서 비행하는 일과 글 쓰는 일은 구별되지 않게 되었다.

이렇게 해서 비행문학의 선구자가 된 생텍쥐페리는 죽어서도 비행 그리고 비행기와 관계를 맺고 있다. 그가 태어난 리옹의 국제공항 이름에는 그의 이름이 붙어 있다. '리옹 생텍쥐페리 공항 Aéroport Lyon-Saint-Exupéry'이 그것이다. 이 공항의 원래 이름은 '리옹 사톨라스 공항Aéroport de Lyon-Satolas'이었는데, 생텍쥐페리의 탄생 백 주년을 기념하기 위해 2000년부터 이름이 바뀌었다. 이렇듯 생텍쥐페리는 그의 문학 작품과 더불어 공항 이름에서도 지금도 여전히 살아 숨 쉬고 있다.

### 생텍쥐페리: 행동주의 작가

비행문학으로 규정될 수 있는 생텍쥐페리의 문학은 문학사적으로 보면 '행동주의'에 속한다. 문학에서 행동주의는 1차 세계대전 후에 주로 프랑스에서 태동했던 문학의 한 흐름이다. 생텍쥐페리가 주로 활동했던 시기의 프랑스와 유럽의 분위기는 다음두 가지 사실에 의해 특징지어진다. 1차 세계대전의 참화와 상처를 빠르게 회복하고 치유하기 위한 노력과 1929년 세계를 휩쓴대공황의 여파를 극복하기 위한 노력이 그것이다.

실제로 그 시기에 프랑스를 비롯해 유럽에서 활동했던 작가들은 1차 세계대전을 계기로 초현실주의와 다다이즘 등과 같은 심미적이고 지적인 모험에 뛰어들었다. 그들은 전쟁 이후에 과거의구태의연한 관습과 이를 뒷받침했던 도구적 이성에 이의를 제기하는 한편, 문명의 구속으로부터 인간의 자유와 해방을 추구했다. 하지만 그 실천 과정에서 그들은 현실을 도외시하는 한편, 기법상의 실험에 몰두함으로써 결국 지나치게 전위적이고 니힐리즘적인 성향으로 흐르게 된다. 더군다나 이런 성향은 1929년에 발생한 대공황으로 인해 더욱 가속화되기에 이른다.

하지만 비슷한 시기에 활동했던 다른 일군의 작가들은 이 같은 심미적이고 지적인 모험보다는 오히려 현실의 역사와 사회 변혁에 더 큰 관심을 갖게 된다. 그러면서 그들은 직접 현실에 뛰어들어 니힐리즘적 성향을 청산하는 방법과 사회적 혼란과 무질서 속에서 문학이 나아갈 새로운 방향을 모색하게 된다. 그 과정에서 그들은 글쓰기에 배태되어 있는 '행동'으로서의 가치에 주목하고, 이를 자신들의 창작 활동의 주요 주제로 설정하게 된다. 물론 그들 역시 글쓰기에서 다양한 시도를 마다하지 않는다. 하지만 그들은 단순히 실험적이고 주지주의적인 시도보다는 오히려 합리적이고 실용적이고 생산적인 결과를 선호하게 된다.

이런 행동주의를 대표하는 작가로는 스페인 내전에 직접 참여했던 앙드레 말로André Malraux, 투우와 스포츠에 대한 열광을 귀족적 남성주의로 승격시키는 한편, 1차 세계대전에의 참전 경험을 바탕으로 신체적 강건함, 전우애, 영웅주의 등을 남성적 용기와 자기희생으로 포장해 여성적 감상주의와 대비시키고 있는 앙리 드 몽테를랑Henry de Montherlant, 그리고 항공 사업 초창기에 야간 비행 등의 험난한 모험에 도전했던 항공인들의 용기와 의지를 높이 평가했던 생텍쥐페리 등을 꼽을 수 있다.

### 《야간 비행》: 비행문학의 최고봉

이렇듯 출생에서부터 죽음까지, 그리고 죽음 이후에도 계속 비행하는 일과의 관계를 유지했던 생텍쥐페리는 비행문학 분야를 개척하면서 주옥같은 작품을 남겼다. 1926년에 발표된 단편 〈비행사〉를 시작으로, 그의 비행문학 3부작이라고 할 수 있을 작품이 시차를 두고 출간된다. 《남방 우편기》(1929), 《야간 비행》(1931), 《인간의 대지》(1939)가 그것이다. 그 외에도 《전시 조종사》(1942)와 유고집으로 출간된 《성채》(1948)도 그의 비행문학의 값진 성과이다. 물론 그의 비행문학의 정수精髓는 전 세계의 헤아릴 수 없이 많은 독자의 상상력을 지구를 넘어 더 넓은 우주적인 차원으로까지 확대시킨 《어린 왕자》라는 것은 의심의 여지가 없다.

생텍쥐페리의 비행문학 3부작 중 1931년에 출간된 《야간 비행》은 다른 작품에 비해 조금 더 특별해 보인다. 이 작품에서 '야간 비행'이라는 구체적인 주제가 다뤄지고 있기 때문이다. 실제로 1920년대의 조악한 비행기 제작술, 미흡한 정비술, 노련하지 못한 조종술 등으로 인해 야간 비행은 그야말로 무모한 도전이었다. 난기류와 폭풍우 속에서 짐승처럼 울부짖는 비행기 안에서 조종사와 무선통신기사가 아무런 구원의 수단도 없이, 지상과의 최후의 교신마저 끊긴 상태에서 느끼는 불안, 공포, 절망 등은 상상을 초월할 정도였을 것이다. 그리고 그 모든 것은 그대로 하늘을 날고자 하는 염원을 실현하는 과정의 실제 기록이자 생생한 역사라고 할 수 있을 것이다. 《야간 비행》의 '머리말'을 썼던 앙드레 지드 역시 이 작품의 '문학'과 '기록'으로서의 "커다란 가치"(13쪽)를 빼놓지 않고 지적하고 있다.

또한 생텍쥐페리는 《야간 비행》에서 자신의 경험을 바탕으로, 또 강한 동료애로 연결되어 있는 다른 동료들의 체험과 그에 대한 증언을 바탕으로, 야간 비행의 극한에 가까운 상황을 극복하고자 하는 여러 인물의 영웅주의적 태도와 행동을 절제된 필치로 속도감 있게 그려 내고 있다. 그리고 그런 태도와 행동에 수반되는 그들의 불굴의 의지, 침착성과 인내심은 그대로 이 작품이 갖는 감동과 울림으로 이어진다. 이런 점들을 고려한다면 《야간 비행》은 생텍쥐페리의 비행문학의 최고봉이라고 해도 무방할 것이다.

그에 걸맞게 《야간 비행》은 출간되자마자 큰 반향을 일으켰다. 《야간 비행》은 출간된 해인 1931년에 프랑스의 유명한 문학상 중 하나인 페미나상을 수상했다. 이어 이 작품은 출간 이 년 후인 1933년에 영화로 제작되어 더 많은 사람에게 감동을 전하기도 했다. 또한 시간과 더불어 그 내용이 만화, 오페라, 음악 등으로 각색, 변용되어 하나의 문화콘텐츠가 다방면에서 활용된 예, 즉

OSMU(one source multi use)의 전형적인 한 예가 되고 있다. 현재 육십여 개의 언어로 번역된 이 작품은 전 세계의 많은 독자로부터 꾸준히 사랑을 받고 있으며,《어린 왕자》로 이어지는 생텍쥐페리의 문학적 영광에도 큰 몫을 담당하고 있기도 하다.

**《야간 비행》: 행동, 의무, 행복의 방정식**

행동주의 작가로서의 면모를 여실히 보여 주는 생텍쥐페리의 '행동'은 단연 '비행'이다. 그에게서 비행과 글쓰기는 구별되지 않을 정도로 얽혀 있다는 점은 앞서 언급했다. 그런데《야간 비행》에서는 비행과 관련해 그것을 지배하는 준칙으로서 크게 '의무'와 '행복'이 제시되고 있다. 게다가 이 두 준칙은 서로 갈등하는 것으로 제시되어 있는데, 이는《야간 비행》의 이야기 구조와 맞물려 이 작품의 감동을 더욱 증폭시키는 데 한몫을 담당하고 있다.

《야간 비행》은 과학 기술과 비행기 제작술의 비약적인 발전에 힘입어 상업 항공이 태동하던 1920년대 남아메리카의 항공 기지 부에노스아이레스를 배경으로 하고 있다. 보다 구체적으로 그 당시에 유럽과 남아메리카 대륙 사이를 잇는 항공 우편이 개설되고, 부에노스아이레스와 남아메리카 대륙의 다른 나라들을 연결하는 항공 우편 노선이 개설되었다. 칠레, 파라과이(아순시온), 파타고니아 등에서 우편물을 싣고 부에노스아이레스로 오면, 그

곳에서 다시 그것을 취합해 유럽으로 향하는 비행기에 옮겨 싣
고 출발하게 되어 있다.

《야간 비행》은 이런 배경 속에서 시간적으로는 하루 동안, 공
간적으로는 부에노스아이레스 항공 기지와 하늘을 나는 비행기
안에서 발생하는 사건들을 중심으로 전개된다. 이야기의 중심에
서 있는 사람은 리비에르, 결혼한 지 "육 주밖에" 안 된(124쪽)
파비앵과 그의 아내 시몬 파비앵이다. 이들 외에도 항공 업무에
필요한 다른 조종사, 무선통신기사, 감독관, 정비사, 전화교환수
등 여러 인물이 등장한다. 하지만 생텍쥐페리가 부각시키고자 하
는 행동을 지배하는 모순된 준칙의 방정식과 관련해 특히 주목
을 요하는 인물은 리비에르, 파비앵과 그의 아내 세 사람이다.

먼저 리비에르를 보자. 그는 이 작품에서 '행동—의무—행복'
의 방정식에서 '행동—의무'의 항을 구성하는 가장 핵심적인 인
물이다. 그는 부에노스아이레스 항공 기지를 총괄하고 있는 책
임자이다. 그의 행동의 준칙은 단연 '의무'이다. 보다 구체적으로
그는 항공 우편 업무에서 안전성, 효율성, 경제성을 최우선시한
다. 이를 실천에 옮기기 위해 그는 때로는 무모할 정도의 모험을
감행하는 결단을 내리기도 하고, 때로는 비인간적으로 보이는 행
동도 불사한다.

이 작품의 제목에도 포함되어 있는 '야간 비행'의 필요성을 제
안하고, 이를 끝까지 밀어붙이고자 하는 장본인이 바로 리비에르

이다. 그 당시의 항공 기술적인 면에서 보면 야간 비행에는 큰 위험이 따랐다. 하지만 그는 "해가 떠 있는 동안 철도와 선박보다 아무리 앞서간다 한들 밤을 지내는 동안 전부 허비되고 말잖습니까"(80쪽)라는 논리를 편다. 이런 논리로 그는 행정당국을 설득하고, 야간 비행에 호의적이지 않은 항공 업무 종사자들을 당근과 채찍으로 지휘, 통솔하는 불굴의 의지를 보여 준다. 지드는 '머리말'에서 이런 리비에르에게서 "초인간적인 미덕"을 발견하고 있으며, 나아가 "숭고함"을 느낀다고 쓰고 있다.(9쪽)

리비에르는 또한 이런 위험을 안고 있는 야간 비행을 안전하고 완벽하게 실행하기 위해 하늘과 땅에서 항공 업무에 종사하는 모든 이들의 유대를 강조한다. 비행기가 안전하게 이륙하고 목적지에 안전하게 착륙하기 위해서는 한 치의 빈틈도 없어야 한다는 것이 그의 지론이다. 물론 이것은 부에노스아이레스 항공기지를 총괄하는 책임자가 가져야 할 당연한 의무라고 할 수 있다. 하지만 리비에르는 이 의무를 거의 정언적 명령의 차원으로 끌어올리면서 상용화하길 원하며, 이를 위해 동료 직원들의 빈틈 없으면서도 유기적인 협조를 강조하면서, 조그마한 실수도 용납하지 않는다. 이런 이유로 그는 냉정하고, 차갑다는 인상을 넘어 가혹하고 비인간적이라는 인상을 주기도 한다. 하지만 그는 자신의 업무에 대한 이런 태도가 항공 업무, 특히 예측할 수 없는 무수한 위험이 도사리고 있는 야간 비행의 완벽한 성공을 위해서는 반드시 필요한 덕목으로 여긴다. 이런 태도를 가진 리비에르는 평소 "규칙"이 아니라 "경험만이 유일한 해결책"(81쪽)이라고 강변하는 실증주의자, 현실주의자, 행동주의자로서의 면모를 내보이고 있다.

이 같은 리비에르의 신념에 찬 행동과 관련해《야간 비행》이 디디에 도라Didier Daurat에게 헌정되었다는 사실은 흥미롭다. 도라는 실존 인물로 생텍쥐페리가 라테코에르Latécoère 항공사에서 조종사로 일할 무렵 같이 근무했던 상관이기도 했다. 도라는 프랑스 항공의 선구자이자 항공 우편Aéropostale 분야에서 위대한 모험을 감행한 주목할 만한 인물이다. 리비에르에게서 볼 수 있는 대부분의 특징, 특히 야간 비행에 따르는 위험을 극복하기 위해 요구되는 덕목들—용기, 강철 같은 의지, 진보에 대한 굽히지 않는 신념, 담대함, 인간관계에서 비인간적이라고 할 정도의 엄격함과 냉정함, 책임감, 사명감, 동료애 등등—은 도라에게서 거의 그대로 가져왔다고 해도 과언이 아니다.

리비에르와 더불어《야간 비행》에서 '행동—의무'의 항에 포함된 또 한 명의 주요 인물은 조종사 파비앵이다. 그는 파타고니아와 부에노스아이레스를 연결하는 비행기 조종사이다. 그는 비행 도중 악천후를 만나 안데스산맥 부근에서 실종되는 비극의 주인공이다. 이 작품에서 볼 수 있는 가장 고통스럽고 가장 절망적인 이야기. 하지만 역으로 가장 장엄하고 가장 영웅적인 이야기의 주인공이 바로 파비앵이다. 야간 비행에 따르는 모든 위험이 가장 극적으로 묘사되고 있는 장면에서 파비앵과 무선통신기사는 악천후로 인한 난기류와 폭풍우에서 빠져나오기 위해 혼신의 힘을 다하고 있다. 특히 지상과의 연결이 하나둘씩 끊어지고, 두 사람을 구원해 줄 수 있는 마지막 수단인 무선 신호조차 점점 약해지는 장면에 대한 묘사는 《야간 비행》의 압권이라고 할 수 있다. 그 순간에 두 사람의 마음속에서 일어나는 불안과 공포, 그것을 이겨 내려는 초인적인 의지와 노력, 아무것도 할 수 없다는 무력감에 대한 분노의 감정 등은 《야간 비행》을 생텍쥐페리 비행문학의 최고봉의 자리에 올려놓는 핵심적인 요소 중 하나라고 할 수 있다.

《야간 비행》에서 '행동—의무—행복'의 방정식을 구성하는 또 하나의 항은 '행동—행복'의 항이다. 실제로 이 작품의 주요 일화들이 '행동—의무'의 항을 중심으로 전개되고 있어 자칫 '행동—행복'의 항은 경시될 우려가 없지 않다. 하지만 이 작품을 단지 리비에르를 위시해 파비앵 등의 영웅담으로만 보는 것은 이 작품의 주요 의미를 놓치는 결과를 낳을 수도 있다. 특히 실종되고 마는 조종사 파비앵의 아내가 겪는 내면적 고통과 아픔에 대한 섬세한 묘사는 이 작품을 단순히 행동주의 경향의 작품으로만 보는 것을 방해할 정도이다.

자기가 몰던 비행기가 실종되던 날, 파비앵은 파타고니아에서 부에노스아이레스로 오는 중이었다. 그가 조종하는 비행기의 도착이 늦어짐에 따라 그의 아내 시몬의 불안과 마음의 고통은 점차 커지게 된다. 시몬은 파비앵의 비행기가 지연되고 있다는 사실을 전화로 확인하는 것만으로도 벌써 고통스럽다. "그렇지요, 지연이요…." "아…!" "여자가 내뱉은 '아…!'는 칼에 찔린 육신이 뱉는 신음이었다."(98쪽) 그리고 이런 고통은 자기 인생에서 가장 소중한 사람을 다시는 볼 수 없다는 최후의 확인 순간에 절망으로 변한다. 이 내면적 고통과 절망감에 대한 묘사 역시 《야간비행》을 비행문학의 최고봉으로 올려놓는 중요한 요소 중 하나가 아닐까 한다.

파비앵의 아내가 남편의 실종이라는 절망적인 사건 앞에서 겪는 아픔, 슬픔, 고통은 그 여자에게만 한정되지 않는다. 그 여자의 내면적 고통과 절망감은 리비에르에게도 역시 비행이라는 '행동─의무'에 대해 깊이 성찰하는 기회로 작용한다. 리비에르는 다리를 건설하다가 죽은 인부와 그 다리가 마을의 모든 주민에게 가져다줄 편리함 사이에서 섣불리 선택할 수 없다. 또한 잉카의 사원을 지으면서 희생된 수많은 사람과 그 웅장한 사원이 후대에 남긴 장엄한 감동 사이에서도 주저할 수밖에 없다.

그리고 리비에르의 망설임은 그대로 생텍쥐페리 자신의 것이기도 하다. 직접 조종간을 잡고 비행기를 몰았고, 또 항공 업무에 종사했던 생텍쥐페리 역시 결혼해서 가정을 꾸리고 있었고, 그런

만큼 파비앵의 아내의 내면적 고통과 절망감은 자칫 생텍쥐페리와 가장 가까운 거리에 있는 자기 아내의 그것일 수도 있는 것이다. 이런 내면적 고통과 절망감에 대한 꽤 긴 분량의 할애, 세심한 배려, 공공의 이익을 위한 개인의 희생에 대한 문제 제기, 이것이 어쩌면 《야간 비행》을 생텍쥐페리 비행문학의 최고봉으로 올려놓는 또 하나의 요소가 아닐까 한다.

"사람의 목숨은 값을 매길 수 없는데도, 우리는 여전히 인간의 목숨보다 더 큰 가치를 지닌 무엇인가가 있는 것처럼 행동하고 있지 않은가… 도대체 그것이 무엇이란 말인가?"(102쪽) 리비에르가 던지고 있는 이런 질문은 《야간 비행》을 집필하면서 생텍쥐페리 자신이 스스로에게 던진 문제가 아니었을까? 때로는 비행기를 직접 조종하면서 파비앵이 겪었던 것과 비슷한 극한 상황을 겪으면서, 또 때로는 도라처럼, 그에게서 영감을 얻는 리비에르처럼 지상에서의 항공 업무를 직접 담당하면서 말이다. '비행', 특히 '야간 비행'이라는 '행동'에 연결되어 있는 위험성, 모험성을 부각시키면서 그것을 극복하고자 하는 용기와 의지를 찬양하고, 나아가 그 극복을 의무로까지 내세우면서도 그것만을 유일한 덕목으로 내걸지 않고, 그 이면에 놓여 있는 소소한 행복의 가치를 제시하고 있는 것, 바로 이것이 《야간 비행》에 문제 제기적 작품이라는 또 하나의 특징을 부여해 주는 것으로 판단된다.

앞서 《야간 비행》이 1931년에 출간되자마자 페미나상을 받았다는 점을 언급했다. 방금 지적한 방정식과 관련해 이 작품이 이 상을 받았다는 점은 주목을 끈다. 이 상은 1904년에 제정되었다. 이 상의 이름에서 엿볼 수 있듯이, 이 상은 프랑스의 또 하나의 대표적 문학상인 공쿠르상이 지나치게 남성 위주로 운영되고 있는 점에 맞선다는 취지로 제정되었다. 그런 만큼 이 상의 심사위원단은 전원 여성으로 구성되는 특징을 가지고 있다.《야간 비행》이 이런 특징을 가진 페미나상을 수상했다는 것은 그 의의와 감동과 울림이 성별을 초월해 모든 사람에게 전달되는 보편적인 성격을 띠고 있음을 보여 주는 것으로 보인다.

### 《야간 비행》: 이카로스를 위한 송가

하늘을 날고자 하는 인간의 불가능한 꿈, 그 꿈을 실현하는 과정에서 인간이 필연적으로 겪게 되는 일들, 특히 칠흑같이 어두운 밤에 비행을 한다는 무모한 도전에 수반되는 위험, 용기, 의지, 좌절, 절망 등을 모두 포함하고 있는《야간 비행》! 이 작품은 오롯이 그 옛날 밀랍으로 날개를 붙이고 하늘을 날고자 했던, 하지만 지나친 욕심으로 인해 날개를 잃고 추락했던 이카로스를 위한 송가, 하지만 진혼곡과 찬가라는 이중의 송가가 아닐까 한다.

진혼곡이라면《야간 비행》은 항공 분야를 개척하고 특히 야간 비행을 감행하면서 희생당한 조종사를 비롯해 수많은 항공인들의 혼을 달래는 장엄한 레퀴엠일 것이다. 그 반대로 찬가라면,《야간 비행》은 그 모든 희생에도 불구하고 "중요한 것은 오로지 앞으로 나아가는 것뿐"(140쪽)이라는 신념을 가지고 피비앵의 실종 사건 이후에도 좌절하지 않고 다시 유럽행 우편 수송기의 이륙을 준비하고 결정하는 리비에르와 같은 항공인들을 응원하는 활기 넘치는 찬가일 것이다. 생텍쥐페리는 이카로스의 추락을 단순한 실패가 아니라 더 높이 비상하기 위한 일시적인 후퇴로 여겼음이 분명하다.

**지은이** 앙투안 드 생텍쥐페리

프랑스의 소설가, 본명은 앙투안 마리 장바티스트 로제 드 생텍쥐페리(Antoine Marie Jean-Baptiste Roger de Saint-Exupéry, 1900~1944). 비행기 조종사이자 작가인 그는 1900년 6월 29일 프랑스 리옹에서 태어났다. 장 메르모즈(Jean Mermoz)와 더불어 항공우편 분야의 선구자 중 하나로 손꼽히는 생텍쥐페리는 이때 겪은 모험들을 여러 소설을 통해 그려 냈다. 하지만 친구에게 쓴 편지에는 '나는 정원사가 되었어야 했다'고 적기도 했다. 1944년 7월 31일, 프랑스 공군의 전투 임무를 위해 코르시카섬의 보르고 기지에서 이륙한 생텍쥐페리는 귀환하지 못한 채 실종되었다. 생전 그는 인간의 절대적 고독과 인간의 본질에 대한 성찰, 인간들 사이의 연대성에 대한 강조를 주제로 많은 작품을 남겼다. 그 중에서도 《어린 왕자》는 생텍쥐페리의 대표작으로 전 세계 삼백 개 언어로 번역될 만큼 많은 사랑을 받고 있다.

**옮긴이** 김보희

고려대학교 불어불문학과와 한국외대 통번역 대학원 한불과를 졸업하고 프랑스대사관, 헌법재판소, KBS, 한국문화예술위원회, 한국개발전략연구소 등에서 다수의 통번역 활동을 해 왔다. 잡지 르몽드 디플로마티크 번역위원을 겸임하며 번역 에이전시 엔터스코리아에서 출판 기획 및 불어 전문 번역가로 활동하고 있다. 주요 역서로는 《기적의 허리 운동법》, 《1일 1장 숫자: 하다》, 《자신감 단 한 걸음의 차이》, 《자크 아탈리의 미래 대예측》, 《파괴적 혁신》, 《부자 동네 보고서》, 《경제 성장이라는 괴물》, 《돈을 알면 세상이 보일까?》, 《아이반호》 등이 있다.

**해설** 변광배

〈사르트르의 극작품과 소설에 나타난 폭력의 문제〉로 프랑스 몽펠리에 3대학에서 문학박사학위를 받았다. 한국외국어대학교 미네르바 교양대학 교수를 역임하고, 현재 인문학 연구 모임 '시지프'를 이끌고 있다. 《사르트르의 '문학이란 무엇인가' 읽기》 등 다수의 저서, 《바르트의 편지들》, 《데리다, 해체의 철학자》 등 다수의 역서, 〈오토픽션의 이론: 기원과 변천 및 글쓰기 전략〉, 〈'앙가주망'에서 '소수문학'으로〉 등 다수의 논문이 있다.